GENTOSHA OUTLAW BUNKO

カッシーノ!

浅田次郎

JN286365

幻冬舎アウトロー文庫

プロローグ　非日常と非常識へのいざない

浅田次郎

このごろ、小説家という仕事に恐怖を感ずることがしばしばある。

さほど消耗したわけでもなく、枯渇もない。書かねばならぬ物語はいくらでもあり、それを成す自信も十分にあるのだが、時おり恐怖がのしかかって筆を止めてしまう。

その正体は自己喪失である。書斎に立て籠って、日がな外気にも触れず人とも会わずにいると、現実と虚構の判別がつかなくなる。私は小説の中の主人公に同化し、嘆き、怯え、歓び、恋をし、病を得、ときには他人を傷つけ、殺す。稿を脱して書斎から出ても、本来の自己を恢復《かいふく》することが難しくなってしまった。その自己喪失が怖ろしくて、再び書斎に戻り、物語に没入する。

もっとも、これに近い恐怖は職業の如何にかかわらず、働き盛りのご同輩の誰もが体験しているであろう。われわれは日々の激務のうちに、自己を見喪っている。

本書の個人的なテーマは、およそ人間として最悪の事態と思えるこうした状況からの脱出であった。むろん逃避ではなく、新たなる地平の開闢《かいびゃく》である。私が小説家である以前に日本人オヤジの典型である限り、本書は嗜好の有無にかかわらず多くの読者に親しんでいただけるものと信ずる。

目先の事象に対処するだけの知識が、人生においていかに無力であるかは、すでに周知であろう。多くの日本人オヤジに必要なものは、われわれを縛《いまし》めている日常と常識の打破である。要するに私は、ひたすら非日常と非常識を求めて、世界カジノめぐりの旅に出た。

男の夢がぎっしりと詰まった紀行文として読むもよし、ギャンブル指南書とするもよし、すこぶるマニアックなガイドブックとなればなおよし、さらにやがて来たるべきカジノ解禁の一助となれば、これにまさる幸いはない。

自己喪失の究極のかたちは自殺である。本来は青空を仰ぎ、星を読み、地平を見はるかすべき人間の視野が、日々のあわただしさとまやかしの情報のせいで狭窄し、視点は限りなく後退し、ついには内奥の一点のみを凝視するようになれば、人は自ら死ぬ。その結果、年間の自殺者が交通事故死者の三倍を算《かぞ》える異常事態が現出した。

こうした社会に生きるわれわれにとって、真に必要なものは何かということが、本書の普遍的なテーマである。むろん典型的日本人オヤジである私の個人的なテーマは、これに合致する。

昭和二十六年生れ。身長一六九センチ。体重六十九キロ。頑健に見えるが中性脂肪とコレステロール値はすでに赤信号である。同年齢の妻と、結婚適齢期だがその気配もない一人娘、妻の老母と同居する。体力の衰えを口にすら出せぬオーバーワークである。コンピューターの操作どころか、そもそもIT社会の構造を理解できず、時間の早瀬に取り残されている。

その他もろもろの立場性格諸元において、まこと平均的日本人オヤジの私が、自由業であるという唯一の異相を活用してこの企画を実現したことは、けっして無意味ではあるまい。なお、共著と称して然るべき久保吉輝カメラマンも、私と同年配でほぼ同様の立場性格諸元を有する。そのレンズを通して捉えた世界は、私の拙ない文章にも増して読者に福音をもたらすであろう。

この旅の途中で、われわれはユーロ統合という新時代に遭遇した。したがって通貨の表記が、フランやリラからユーロに突然変わる。読み返してみると、むしろ時代の垣根をさりげなく乗り越えた感じが面白く、あえてそのまま上梓することとした。

このヨーロッパ篇が刊行された今も、われわれの世界カジノめぐりの旅は続いている。アフリカ大陸を縦断し、いったん帰国してこの第一巻の校了をしたとたんラスベガスへと飛ぶ。

当初は気儘な行脚であったものが、このごろでは日本人オヤジの幸福を切に希う、真摯な巡礼に思えてきた。

それでは、かくもめくるめく非日常と非常識の旅へ、行ってらっしゃい。

目次

本文写真　久保吉輝

MONACO

1

モナコの伯爵夫人

「ムシュウはどちらからいらっしゃいましたの？」

サーモン・フュメのサンドウイッチをこのうえなく優雅なしぐさで口に運びながら、老婦人はふいに訊ねた。

日本です、と答えると、長いこと自問していた謎がようやく解けたかのように肯く。帽子の花飾りが揺れる。

モンテカルロのカジノ広場には夏の光が溢れていた。ランチタイムのカフェ・ド・パリは満席で、見知らぬ老婦人と同じテーブルにつくはめになった。

「ギャルソンはわたくしたちを連れだと勘違いしたみたい。ご迷惑でしたかしら」

「いえ、光栄ですよ。マダム」

「おタバコはどうぞご遠慮なく。亡くなった主人がヘビー・スモーカーだったので、少しも苦になりませんから。お若い方とランチをご一緒できて、こちらこそ光栄ですわ」

老婦人は食事をしながら、シャンペン・グラスについたルージュを一口ごとに指先で拭った。

「若くはないですよ。クリスマスには五十になります」

「若いわ。わたくしの孫とそれほど変わらない」

グラン・カジノを中心にした広場を、古き良きベル・エポックの建築がぐるりと繞《めぐ》ってい

▼「クイーン・ヴィクトリアの時代からずっと、
モナコはヨーロッパの王侯貴族の社交場ですから」

る。カフェ・ド・パリはカジノ広場の特等席だった。

「あの向かいのホテルのスイートに滞在してますのよ。こんなおばあさんがひとりで。まったく、なんて贅沢なんでしょう」

「オテル・ド・パリのスイートに？」

「そう。しかもルーム・チャージは無料。ついでにこのカフェのランチもタダなんです」

「まさか」

「日本人の観光客にジョークを言っても始まりませんわ。あなたとこうしてご同席したのも、タダのランチをいただいたうえにテーブルの無理まで言うわけにはいかないから」

「よくわかりませんね。もしジョークでないのなら、説明していただけませんか」

「喜んで。モナコという国がいったいどういうところなのか、ぜひ知っていただきたいわ」

老婦人はゆっくりとランチを楽しみながら、彼女が1864年創業の名門ホテルのスイートを「死ぬまで」提供され、のみならずカフェ・ド・パリのランチをやはり「死ぬまで」無料で食べ続けることのできる理由を語り始めた。

伯爵夫人などという肩書きは、モナコでは少しも珍しくはありません。クイーン・ヴィクトリアの時代からずっと、ここはヨーロッパの王侯貴族の社交場ですから。

風光明媚なうえに気候がよく、フランスの中にあってフランスではない。車でも鉄道でも便利にアクセスできますし、ニースの空港からはヘリコプターの定期便でたったの七分。地中海有数の良港ですから、ヨットやクルーザーで気軽に立ち寄ることもできますの。そして、税金がない。

若い時分から、わたくしと主人はしばしばここを訪れ、そのつどオテル・ド・パリのスイートルームに滞在して、カジノや舞踊会や、オペラやおいしいお食事やワインを楽しんでおりました。レストランのテーブルは年間を通して予約しておりましてね。そう、わたくしたちがモナコにいるいないにかかわらず、そのテーブルはわたくしたちのものと決まっていたのです。

それはそれは贅沢三昧の、夢のような日々でしたわ。

ところが、あなたと同じほどの齢で主人が亡くなりましてね。お気をつけなさいましよ、人間の幸福なんて、いつどこでぷっつりと途切れるか知れやしない。

世襲の爵位は息子が継ぎましたので、わたくしは自由気儘に一年の大半をモンテカルロで過ごすようになりました。ここには主人との思い出もたくさんありましたし。

わたくし、主人の遺した財産を使い果たしてしまいましたの。ほんの一年とちょっとの間に。

「おわかりになりまして？
モナコとは
そういうところですのよ」

いえいえ、そんな大金をまさかカジノですってしまうものですか。悪い男に欺されましてね。金づるの女と見ればすれ違いざまにでも口説くような、イタリア人のジゴロ。

未亡人とはいえわたくしもまだ若かったし、そう言っちゃ何ですけど主人が亡くなったとたんに言い寄ってくる殿方が、何人もいましたのよ。

よりによって、一等たちの悪い男に身を任せて、わたくし、つぶされてしまいましたの。息子たちには愛想をつかされる。社交界からはのけものにされる。長年つかえた執事は責任を感じて地中海に身を投げるという有様。こうなったらわたくしも死んでしまうほかはないと思いつめていたそんなある日――。

ひとりの紳士がわたくしの部屋を訪ねて参りましたの。タキシードに粋なシルクのストールをかけた、ちょっとケーリー・グラントのような素敵な方。

彼はスイートルームに入るなり、ソシエテ・デ・バン・ド・メール――つまりモナコのカジノやリゾートの多くを経営する会社の名刺を差し出した。

ホテル代も滞っていたときのことですから、てっきり追い出されるのかと思ったんですよ。でもその紳士は、伯爵夫人に対する礼節をいささかもたがえず、わたくしの自尊心も傷つけずにこう言って下さったの。

「亡き伯爵閣下はグラン・カジノきってのビッグ・プレイヤーであられました。どうかこのオテル・ド・パリのお部屋を、これからもご自由にお使い下さいませ」

「わたくし、お金がありませんの」と、素直に答えました。すると紳士はにっこりと微笑んで、まるで当然のつとめのように言ったのです。

「ご夫妻は毎晩グラン・カジノでお遊びになられ、上等のワインをお召し上がりになり、レストランのテーブルを通年予約して下さいました。すなわちモナコは、このさきのお代金もすでに十分いただいております。お支払のことなど、どうか永久にお気になさらず」

おわかりになりまして？　モナコとはそういうところですのよ。

ぼんやりと佇むわたくしに、うやうやしく別れのキスをして、その紳士は立ち去りぎわにこう言い足しました。

「それから、マダム。お向かいのカフェ・ド・パリに、シャンペンとサーモン・フュメのサンドウイッチをご用意してありますので、ランチをどうぞ。もちろん、これからもずっと」

世間知らずのわたくしは、とっさに妙な質問をしてしまいました。

「ずっとって、死ぬまでずっと？」

ドアを閉めかけて紳士は答えました。

「ウィ・マダム。伯爵閣下がお迎えにいらっしゃるまで」

▼モンテカルロ・グランド・ホテルのスイートルームでくつろぐ。
窓の外は紺碧の地中海。

饒舌な老婦人はランチを食べおえると、たしかに勘定も払わず広場の光の中に消えてしまった。

そうやって旅行者にランチをおごらせる、お洒落な詐欺師なのだろうと思った。いや、話はたいそう面白かったから詐欺とは言えまい。

妙な納得をしてギャルソンを呼ぶ。

「勘定をして下さい」

「いえ、お代はマダムからちょうだいしています。メルスィー・ボークー」

私の世界カジノ行脚は、こうしてモンテカルロの午後の光にちりばめられた？マークで始まった。

老婦人の話が本当であったのか、それともテーブルを伴にした日本人にランチをおごってくれただけなのかは、永遠の謎である。

グラン・カジノのオープンまでにはまだ時間がある。カフェ・ド・パリの庶民的なカジノで時間をつぶすとしよう。

いずれにせよ老婦人は、このモナコという国がいったいどういうところなのかを教えてくれたのだった。

カフェ・ド・パリに併設された巨大カジノは、意外なことにスロットマシンで埋めつくされていた。テーブルゲームもあるにはあるが夕方からのオープンで数も少ない。もちろん服装のチェックもなく、カジノへの出入りもまったく自由である。スロットマシンの森に埋もれていると、ラスベガスにいるような錯覚さえ起こす。

何でもモナコには1254台のマシンがあるそうで、すでにカジノ全体の売上げの35パーセントを占めているという。

カジノといえばヨーロッパはテーブル、アメリカはマシンが主体というイメージがあるが、年を追うごとに世界のカジノはアメリカン・スタイルに移行しているらしい。

ただしモナコは無税国家なので、ジャック・ポットすなわちスロットマシンの大当たりに対して課税されないというすばらしいメリットがある。

ラスベガスでは1200ドル以上のジャック・ポットには30パーセントという法外な税金が課せられる。マシンの調子とはもっぱら関係なく、つぎこんだ金とも関係なく、勝利者から三割の税金を無理無体に取るというのだから、これはムゴい。

そうしたムゴいルールがないというだけで、楽天的に明るい性格の私は、「勝った！」と思った。

かくてスロットマシンとビデオポーカーの森をさまようこと四時間、予定では1万フランを勝つはずであった私は、逆に1万フランの返り討ちに遭ってカフェ・ド・パリを後にしたのであった。

さて、ホテルでタキシードに着替え、憧れのグラン・カジノへ！

MONACO

2

ギャンブラーの聖地

モンテカルロ・グランド・ホテルは地中海のみぎわに張り出すようにして建つ、モナコ最大のホテルである。

グラン・カジノやカフェ・ド・パリのあるカジノ広場からは階段を下るだけでほんの一分、ほとんど庭続きと言ってもいい。ホテル内のカジノは２００２年のニューイヤーにはモナコ最大のカジノとしてオープンする。

ゲストルームは絶品である。白とブルーを基調にした内装はファンタジックかつエレガントで、こんな部屋に野郎一人で滞在するのは罪だという気がする。

バルコニーのデッキチェアに身を横たえて、たそがれのモナコを見渡す。ひとつの国が一望のもとである。モナコ公国の面積はたったの１・９５平方キロメートル、すなわち皇居の二倍しかない。しかも国土のすべては峻険な岩山が地中海に落ちこむ急勾配である。

地形だけでいうなら熱海に似ている。大きさもまあ似たものであろう。ただしモナコにはその岩盤の傾斜の上に、ベル・エポックの建築やオールド・タウンや瀟洒な公園が、わずかの無駄もなく嵌めこまれている。まさに地中海の断崖に置かれたティアラの趣きである。

こうした特異な地形では縦の移動がさぞかし大変だろうと思いきや、町のあちこちに公共エレベーターなるものが設置されている。グランド・ホテルからカジノ広場に行くにも、ホテルの最上階からブリッジを渡れば、階段を上り下りする必要がない。モナコの主たる交通

グラン・カジノ。1878年、パリのオペラ座を設計したシャルル・ガルニエの手によって建てられた。世界のギャンブラー憧れの地である。

機関はタクシーでもバスでもなく、エレベーターなのである。

ところで意外なことに、モナコには日本人観光客が少ない。ツアーが入らない上に、このところの景気低迷でへんてこな金持ちがいなくなったせいであろうか。

旅慣れた身にはこれほど有難いことはないのである。旅の目的とはそもそも非日常の追求なのだから、できれば旅先で日本人には出会いたくない。著名な観光地でありながら日本人が少ないという点において、モナコは穴場中の穴場と言えよう。

無税国家だから当然お買物天国である。海もある、カジノもある。世界中のセレブが集まるところだからグルメとワインの宝庫である。今どきこれだけの条件が揃っていて、日本人観光客がやってこない場所などは、地球上にそうそうあるまい。

答えはいとも簡単。日本からのアクセスが悪い。

モナコに入るには、ニースから車か、二十分おきに飛んでいるヘリコプターを利用するのがメイン・ルートなのだが、肝心のニースに日本からの直行便が飛んでいない。つまりヨーロッパのどこかの都市から乗り継がなくてはならないのである。

まとまった休暇がとれない日本人にとって、海外旅行のスケジュールはせいぜい十日間が限度である。片道十四時間かかるヨーロッパで効率よく時を過ごそうとすれば、数時間のトランジットが敬遠される。できるだけ多くの観光地を駆け足で回ろうとするツアーは、まずそういう場所には入らない。ということは、日本人だらけの外国でウンザリしない旅のコツは、トランジットを要する場所を選べばいいということになる。モナコはまさにその典型であろう。

さて、モンテカルロ・グランド・ホテルのバルコニーでさわやかな地中海の風に吹かれながら、私はフト考えた。

この時代、この社会、この経済環境の中で、「世界カジノ行脚」なる神をも怖れぬ企画はなぜスタートしたのであろう。

そもそもの発案者は、本書にすばらしい写真を寄せている畏友久保吉輝君である。彼はことに競走馬のカメラマンとして内外に名高く、被写体としてのサラブレッドの姿を芸術の域に写しとる名写真家である。

私が売れぬ小説を書きながら競馬の予想で食っているころ、私たちは札幌競馬場で知り合った。以来、クサレ縁が続いている。

さきに「畏友」と書いたのはいわゆる社交辞令で、できることなら出会いたくなかった人物である。むろん彼もそう考えている。

なぜなら私たちは無類のバクチ好きで、ともにかつて身上《しんしょう》をつぶしたという苦い過去を持

まさにバチカンを初めて詣でる
カソリック信者の気分である。

カジノ内のピットボックス席には通常、ディーラーの統括者が陣取って勝負の動静を監視する。負け続けるディーラーを見つけると、ただちに交代を命じるのだ。

っていた。今日なお生きて呼吸しておられるのは、それぞれ写真があり小説があったからで、要するに芸が身を助けたのである。

私たちは日本中はもちろん、世界中の競馬場を渡り歩いた。私が文章を書き、彼が写真を撮るという二人三脚の旅である。

世界の主な競馬場にはたいていカジノがワンセットになっている。アメリカ西海岸にはラスベガス、東にはアトランティックシティ、ロンシャンにはアンギャン、アスコットにはロンドン、香港にはマカオ、という具合である。そうした昼夜わかたぬバクチ旅行を何度も続けるうち、たしかシーザースパレスのハイリミット・エリアで足腰の立たんほど惨敗した後であったと思うが、突然おそるべき企画が天から降ってきたのであった。

私たちはみてくれこそ典型的な日本人オヤジである。しかしやっていることは余りにも日本人オヤジ的ではない。この非常識、この非日常の人生を、常識と日常とでがんじがらめにされた同胞にあえて紹介し、啓蒙の一助とするのはわれわれの使命なのではないか。

「そうだ！　それこそが真のグローバル・スタンダードだ！」

私はヤケクソで叫んだ。つねづね考えていたことであるが、外に出ては会社の奴隷となり、内に入りては家族の僕《しもべ》となってゆくオヤジたちが意識改革をせねば、日本の未来はないのだ。

日本人の多くは国際人たらんと夢見て海外へと旅立つ。しかし彼らが外国で何をしている。

常識と日常をスーツケースと一緒にズルズルと引きずって、あわただしいツアー・スケジュールのさなか必死で西洋的教養を得ようとし、あるいはいくらかでも安いブランド品を買い漁るために狂奔する。いずれにせよ外国人の目に映るわれわれは、「遊ぶことも知らずに走り回るみじめで下品な日本人」なのである。

お台場カジノの構想はまことに結構だが、「労働は美徳、遊びは罪悪」と決めつけている日本固有のモラルがある以上、実現は不可能であろう。明治の富国強兵策以来、今日まで綿々と続くこの国民的意識は、どこかで断ち切らねばならない。戦後の日本は事実上の宗主国であるアメリカから学んではならないものばかりを学び、学ばねばならないことは何ひとつとして学ばなかった。

かくてこの企画は「今こそ遊べ日本オヤジ」の合言葉のもとに、日の目を見るはこびとなったのである。

午後五時。タキシードにボウ・タイの正装をこらして、いざグラン・カジノへ。

ちなみに私は、海外旅行の折には必ずタキシードとダークスーツを持参する。けっして伊達や酔狂ではなく、一流レストランやコンサートやカジノでは、そうした服装が定められたマナーだからである。「みじめで下品な日本人」とは思われたくない。

▲グラン・カジノのクラシカルなスロットマシン。
もう動くことはないこれらのマシンも、かつては様々な物語を生んだのだろう。

グラン・カジノは1878年、パリのオペラ座を設計したシャルル・ガルニエの手によって建てられた。言われてみればなるほど、意匠のそこかしこがオペラ座と似ている。まさにバチカンを初めて詣でるカソリック信者の気分である。

玄関前にズラリと並ぶ高級車は、麻雀用語で言うなら「ベンツ600Sまたはジャガー・ディムラースーパーしばり」である。要するにそれ以下のステータスの車は止めたらチョンボである。パレードにしか使わぬはずのロールスロイスの白いオープンカーとか、映画でしか見たことのないアストンマーチンとか、思わず唸るシルバーグレーのベントレーなどが実にさりげなく止まっている。日本では赤と決まっているフェラーリは、こちらでは黒が主流である。

制服を着たドアマンにうやうやしく迎えられて階段を昇ると、二十八本のオニキスの柱で支えられたホール。右に進めばオペラハウス、左がグラン・カジノである。

ここで50フランの入場料を支払い、パスポートを提示する。ヨーロッパのカジノでは、カフェ・ド・パリのようなカジュアルなスロットマシン・カジノを除き、この手続きはすべて必要となる。

場内に入るといきなり巨大なステンド・グラスのドームに被われたゲーム・ルームである。巨匠ガルニエの手になる宮殿の中で、ルーレットのホイールがカラカラと回っている。当たり前のことだが、ラスベガスの鉄火場に慣れてしまっている目には、夢のような光景である。

しかし、タキシードを着て入場したからには誰から見てもプレイヤーなのだから、ここで「おお」などと感嘆の声を洩らしてはならない。とは言えドギマギしながらテーブルについたのではディーラーの餌食である。

驚くべきことには、この華麗なるゲーム・ルームは「一般客用」で、メンバー用のさらに巨大かつ壮麗なカジノは奥にあるという。

私はメンバーでもハイローラーでもないけれど、「日本からグラン・カジノを紹介するためにやってきた小説家《エクリボン》」という根回しがあるので、広報担当者の後に続いて奥へと進んだ。

いよいよグラン・カジノのメンバーズ・ルームである。観音開きの扉が開かれたとたん、私は思わず「おおっ」と呟いた。

MONACO

3

誇り高きクルーピエ

グラン・カジノに足を踏み入れたときの印象は、ギャンブラーとそうでない人間とではまったくちがうと思う。

つまりバクチを打たない人間には、シャルル・ガルニエの壮麗な建築とその中で行われている優雅なゲーミングの有様が、まるで映画の一場面でも見るように映るのだろうが、ギャンブラーの目にはそこが、長い巡礼の旅の果てにようやくたどりついた聖地に見えるはずである。たとえば敬虔なカソリック信者が、バチカンのサン・ピエトロを初めて詣でたときのように。

むろんここで言う「ギャンブラー」とは、単純なバクチ好きのことではない。根っから投機的な性格を持ち、勝とうが負けようが生涯その道を捨てず、ギャンブルを趣味としてではなく仕事としてでもなく、信仰としている人々のことである。

大正のディレッタント芥川龍之介が言った通り、偶然すなわち神と対峙するものは常に神的威厳に満ちている。賭博者もまたその例に漏れない。「神的威厳」は少々言いすぎにしても、真のギャンブラーの魂が神に通じていることは確かである。

グラン・カジノの奥深く、選ばれたギャンブラーだけが入ることを許されるメンバーズ・ルームは、まさに聖地の中の聖域であった。

広い。やみくもに広い。もちろん面積だけならラスベガスの巨大カジノとは較ぶるべくもないが、その容積、その豪華さ、そして何よりも空間を被う一種の仙気が、この世のものならぬ広さを感じさせる。

正しくはそこが広いのではなく、「偶然すなわち神と対峙する」人間たちが、かくも小さくなってしまうのであろう。

オニキスのエンタシスで支え上げられた天井からは、フレスコ画の神々が瞰下《みおろ》している。窓の外は神話の海である。テーブルを囲む人々の表情も、なるほど神的威厳に満ちて見える。

ゲームの主流はもちろんカジノの女王・ルーレットである。ただしここのテーブルは、いわゆるシングル・ゼロの単純なヨーロピアン・スタイルではない。おそらく1878年開業のときとどこもちがわぬ、古式ゆかしいテーブルなのである。

まず、低く広い。プレイヤーは高椅子ではなく、革張りの肘掛け椅子にゆったりと座る。どの席からも盤面のすべてには手が届かないので、プレイヤーは張り目を口にしながらチップを投げる。三カ所に座っているディーラーがその声を聞き分けて、長い棒を器用に操りながら、指定の位置にチップを定めるのである。ホイールの後ろの、さながら玉座のような高椅子から、ピット・ボスがテーブル全体を睨んでいる。1万フラン、10万フランという気の遠くなるようなチップが、惜しげなくテーブルに撒き散らされる。

ただし、日本人が金に飽かせてこのゲームに参加するためには、ひとつだけ大きな障害が

あろうことか
シャルル・ガルニエの手になる
グラン・カジノに、
巨大なスロット・ルームがあるではないか。

Babylonia Poker

ある。チップを投げるとき、モナコの公用語であるフランス語を口にしなければならない。

グラン・カジノのディーラーはその実力同様、気位の高さも世界一なのである。「ディーラー」という呼び方も嫌う。「クルーピエ」である。

たとえば「36の赤」に張ろうとしてチップを投げ、「サーティシックス・レッド・プリーズ」と言っても、クルーピエはわからぬはずはないのだがシカトする。「トラントシス・ルージュ・シルブプレ」と言って初めて手を動かしてくれるのである。

さらに意地の悪いクルーピエになると、ようやく「トラントシス・ルージュ・シルブプレ」と言った東洋人のプレイヤーに対して、「アン・プラン?」、つまり一目掛けか、と訊き返したりする。アン・プランの意味がわからずに「ストレート・プリーズ」と言えば、重ねてシカトする。

好意的に解釈すれば、意地悪でもなければ気位の高さのなせるわざでもないのだろう。グラン・カジノのメンバーズ・ルームでフランス語を使うことは、マナーを超えたルールなのである。要するに、フランス語も満足に話せぬ「無教養人」は、グラン・カジノでプレイをする資格がないということになる。

こうなると、職業がら日本語にだけすこぶる堪能な私はテーブルから撤退せざるをえない。

モナコは独立国であるけれども、意識的にはヨーロッパの中のヨーロッパ、フランスの中のフランスを自負しているということを忘れてはなるまい。

かつてパリ近郊の保養地アンギャンに、初めてヨーロピアン・カジノを訪れたとき、不快な経験をした。

たまたまストレートが的中して大きな配当を受けたとたん、ディーラーにチップを要求されたのである。チップはすなわちゲストからの心付けであって、まさかホストたるディーラーが要求する筋合のものではあるまいと、私はたちどころにテーブルを離れた。ヨーロッパのカジノではしばしば同じ経験をしている。

格式高いモナコのクルーピエはまさかそんな下品なことはしないだろうと思いきや、やはり大きな配当をつけるときには物欲しげな微笑を向け、アンギャンほど露骨ではないにしろ小声で、「お心付けを《プールボワール》」と囁くのである。

しばらく他のプレイヤーの様子を窺っていると、なるほどストレートが的中したときは誰もがプールボワールを投げ返している。

ここに至って私はやっと気付いた。ダブル・ゼロのアメリカン・ルーレットに較べてカジノの取り分が少ないシングル・ゼロのヨーロピアン・ルーレットでは、ストレートの的中に対して多少のチップをバックするのは当然のマナーらしいのである。

グラン・カジノの
クルーピエはその実力同様、
気位の高さも世界一なのである。

ストレートの配当は36倍である。つまりシングル・ゼロのヨーロピアン・ルーレットでは、37分の1の確率に対して36倍の配当が支払われ、俗にハウスエッジと呼ばれるカジノ側のアドバンテージは2・7パーセントということになる。

一方、ダブル・ゼロすなわち文字盤の最上部に「0」と「00」の二つが並ぶアメリカン・ルーレットの場合は、38分の1の確率に対して36倍の配当がなされ、ハウスエッジは5・26パーセントとなる。

バクチにテラ銭はつきものとはいえ、この差は大きい。つまり、「アメリカのアコギなルーレットに較べればこっちはずっと良心的なのだから、多少のチップをはずむのは当然でしょう」という理屈らしい。

そう考えればごもっともなのである。しかも一勝負を二分か三分で片付けるアメリカのディーラーに較べ、モナコのクルーピエは実におっとりとゲームを進行させる。長時間に及べば、2・7パーセントと5・26パーセントのテラ銭の差はかなり決定的な意味を持つ。

アメリカにおけるゲームの主流がブラックジャックやクラップスであり、ヨーロッパの主役が断然ルーレットであるという理由も、たぶんこの点にあるのだろう。実際にラスベガスのルーレットテーブルに二時間も座れば、たとえ満足に配当計算ができない新人ディーラーが相手でも、プレイヤーはほぼ確実に負ける。しかしヨーロッパでは、長っちりはそれなりに楽しめる。ハウスエッジ×ゲーム数のちがいは歴然としているのである。


チップ——ああ、この言葉の何とまぎらわしいことだろう。

「心付け」は「ＴＩＰ」、張り札は「ＣＨＩＰ」。悲しいかな日本語で書けばどちらも「チップ」で、両者が主要単語として共存するカジノではまことにややこしい。ストレートが当たったら「チップをチップで渡す」のである。

フランス語では「心付け」が「プールボワール」、「張り札」は「ジュトン」と言う。これはわかりやすい。

アメリカ人はともかく難しいことが嫌いなので、面倒くさい言葉は何でも簡略化するクセがある。甚だしい場合は「ブレックファースト」でも「ランチ」でもない日曜日のあいまいな食事を、「ブランチ」などと言ったりする。だから「ＴＩＰ」と「ＣＨＩＰ」はたしかにまぎらわしいけれど、面倒くさい言葉を持ち込むよりはマシだろうというアメリカ的な考えから、ともにしばしばトラブルの種になるカジノの公用語になった。

トラブルの犠牲となるのはわれら日本人である。英語の発音では「心付け」は〔tip〕、「張り札」は「小片・かけら」の意味の〔tʃip〕だから、まぎらわしいとはいえやはりちがう。ところが日本人はカタカナ表記する場合にまさか「心付け」を「ティップ」と書かないので、よほど英語に慣れた人でない限り、どちらも正確に「チップ」と発音してしまうのである。

さて、メンバーズ・ルームを早々に退散した私は、信じ難い光景に直面した。あろうことかシャルル・ガルニエの手になるグラン・カジノに、巨大なスロットルームがあるではないか。まるでサン・ピエトロ大聖堂の奥に、プロテスタントの礼拝堂を発見したような気分である。

しかも入口のステージ上には、1ベット1000フラン（約1万7000円）という、世界最大にして最高額のスーパー・マシンが鎮座している。日本人ギャンブラーの威信にかけても、これを素通りするわけにはいかない。同行者たちが泣いて止めるのも聞かず、私はスーパー・マシンの祭壇に上って神と対峙した。そして十五秒後、私は日本語で絶叫した。

「で、出たァ！」

MONACO

4

偉大なる小国家

出たのである。いったい何が、どんなふうに、どれくらい出たかは言えない。言いたいけど言えない。

どうしても知りたいという読者はカジノ通の友人に本誌を見せて、答えを聞いていただきたい。ともかくこの瞬間、私は「世界カジノ紀行」なる本企画に対して、心から感謝をし、かつこれからの原稿は全力全霊をこめて書かねばならぬと誓ったのであった。

ところで、なにゆえ私がジャック・ポットの詳細を明らかにできぬのかというと、モンテカルロでの出来事とはいえ、かように多額の利益に関しては日本国から収税される虞《おそれ》があるからである。

もしそんな事態が起これば、全然納得できん。金を支払ったモナコ公国が税金を取らぬのに、日本国民であるという理由だけで母国から税を課せられるのは一生の不覚である。

そもそも私は、文才こそ怪しいものだけれど博才《ばくさい》はある。正しくは文才の至らぬ部分を博才で補って、小説家として食っているのである。

思うにバクチの才能とは全《まった》き天賦のものであって、経験の積み重ねによって上達するということはほとんどない。その点、文章の上手下手などというものは、天賦の才も多少あるにはあるが、修練と努力とが決定的に物を言う。つまり生れついてのバクチ打ちはいるが、生れついての小説家はいない。

▲「で、出たァ!」 1ベット1000フランという
“礼拝堂”に鎮座する世界最大のスーパー・スロット・マシン。

ということは、バクチの世界にはいつの世にもヘタの横好きが大勢いて、胴元や一部の才能あるバクチ打ちを養っているのである。

博才とは何か。まず第一に挙げられるのは、金勘定ができるか否か、であろう。いわゆる金銭管理能力というものは天賦のもので、日ごろ他人から「セコい」と陰口を叩かれるぐらいでなければ、バクチを打つ資格はない。いや、資格の有無は本人の勝手だが、才能はないと言うべきであろう。

大人の金勘定というのは掛け算のことで、足し算と引き算がいくら達者でも金は残らない。金銭感覚の中にこの「掛け算」のソフトがあるかないかは天性に拠《よ》る。

博才の第二は基本的性格である。バクチで身上を潰すタイプは、熱しやすく冷めやすいマッチポンプ型と決まっている。勝負の悲喜こもごもは誰も同じだが、表情や態度にあからさまな人間は終局的に負ける。才能ある者はことさらブラフをかます必要もない先天的ブラフマンである。

博才の第三は生れ持った運の強さ。何をやってもダメなクスブリ男は論外だが、順風満帆型よりも波瀾万丈型にこの強運の持ち主は多い。したがってこの手の博才が、すなわち人生の勝利者になるという保証はない。

以上三項目のうち一つでも該当する場合は相応にギャンブルを楽しむことができ、二つに

博才とは何か。

グラン・カジノのハイレート・マシン・エリア。

該当すれば数少ない勝ち組であり、三つをことごとくクリアしているなら、ただちに私の後を追って世界カジノ行脚に旅立つべきである。

それにしても、かのグラン・カジノの中の「サロン・ヨーロッパ」と呼ばれる絢爛たる一室が、ことごとくアメリカ製のスロットマシンとポーカーゲーム機に埋めつくされている光景は圧巻の一語につきる。

見上げればフレスコ画の描かれた天井からは、巨大なボヘミアン・グラスのシャンデリアが八つも吊り下がっている。窓の外は豪華客船が投錨する藍色の地中海である。

だが、さほどの違和感はない。テーブルもマシンも、神と人とが対峙する場所という本質においては、何らちがいがないからであろう。

むろん敷居の高さに応じて、マシンのレートも高い。1ベットが5フランか10フランのマシンに、ブラックスーツの紳士や装いをこらした淑女がエレガントに向き合い、ひたすらコインを入れてはドラムを回している。

パリ在住の二人のジャーナリストが、当時のモナコ国王フローレスタン・プリンスにカジノ開設の許可申請をしたのは、去ること約百五十年前、1856年のことであった。

ちなみに1856年といえば、わが国の暦でいう安政三年、江戸は前年の大地震で一面の焼野原であった。下田にはアメリカの駐日総領事としてタウンゼント・ハリスが来航し、国内には攘夷の嵐が吹き荒れる。

モナコ国王がこの計画を裁可した理由は、当時ドイツのハンブルクがスパとカジノを併設して隆盛をきわめていたからだといわれる。つまりカジノは大都市のエンタテインメントとしてのみ可能なのではなく、むしろリゾートの一部としてこそその本領を発揮するであろうと考えた。けだし炯眼《けいがん》である。

結果から言えば、ヨーロッパ各地の都市型カジノは、さまざまの制約が多すぎて消滅したか、あるいはささやかな規模のまま成長できずにいるのだが、モンテカルロにしろラスベガスにしろアトランティックシティにしろ、リゾート併設型のカジノはそのアクセスとはほとんど関係なく大成功をおさめている。

余談ながらこの結果を見る限り、わが国で構想されているカジノは、お台場よりも熱海が正解、ということになる。

さて、1856年に始まったモナコのカジノは、あろうことか一年で潰れた。発起人の二人のフランス人ジャーナリストがその後どうなったかは知らぬが、早くも1858年にはフローレスタン・プリンスの後継者であるプリンス・チャールズが、カジノを国営化して再スタートさせた。今日まで続くソシエテ・デ・バン・ド・メール（S・B・M）の誕生である。

潰れた商売を国が引き継ぐというのはすごい。とりあえず外国人にやらせておいて、潰れたあとで国が引き継ぐというのはもっとすごい。不敬の譏《そし》りを怖れずに言うと、カジノの経営にしろF1レースの招致にしろ、歴代のモナコ国王は人類史上最高のプロモーターであろう。かくも有能な指導者をいただく国民は幸福である。少くとも国家の大小にかかわらず、自存と繁栄をなしとげれば戦をする必要はない。

資料によれば、1869年にはすでに年間十七万人のビジターがモナコを訪れていたらしい。現在でも人口は約三万人、そのうち純血のモナコ人は六千二百人しかいないのだから、当時としては十分にカジノ立国をなしえていたのではなかろうか。

しかしモナコはこの成功に甘んずることなく、さらなる繁栄をめざす。パリのオペラ座を設計したシャルル・ガルニエを招き、1878年にグラン・カジノを建設する。このタイミングを文化的に解説するならば、いわゆるベル・エポックの先鞭をつけたことになるわけで、炯眼というよりも偉業というべきであろう。

かくて世界の王侯貴族や事業家たちは、この新時代の娯楽の殿堂に集まり、モナコ社交界を形成するに至った。長くフランスの保護国であり、革命後の一時期はフランスに併合されていたモナコの歴史は、けっして穏やかなものではなかった。しかしこの偉大なる小国家は、ついに誰にも阿《おもね》らず諂《へつら》わず、もちろん戦もせず、1919年のベルサイユ条約において、その主権と独立とを全世界に認めさせたのであった。

シャルル・ガルニエの手になるサロン・ヨーロッパのシャンデリアの下で、黙々とマシンに向き合いながら私は考えた。

国家の平和と繁栄を永遠に保証するものはけっして武力ではなく、文化なのだと。あるいは文化こそが最大の武力であると認識する、国民の叡智なのだと。

夕食は西の岬にあるモンテカルロ・スポルティング・クラブのディナー・ショーへ。地中海に夕陽が沈むと、ディナー・ルームの天井がスルスルと開いて、満天の星空のもとに食事が運ばれてきた。

世界のグルメが集合するモナコの味覚は、言うまでもなくハイ・レベルである。ディナー・ショーにはつきもののおざなりメニューではない、極めつきのフレンチ・シーフードに驚嘆する。ラテン・アメリカをテーマにしたショーもなかなかのもので、まさに酒池肉林の極楽にいる気分であった。

スポルティング・クラブは現代的な意匠をこらしたリゾートで、ベル・エポックのグラン・カジノとはまことに好対照である。ただし、モダンだからといってカジュアルではなく、男性はソシアルなスーツかタキシードが入場の際の条件となる。

ディナーの後はクラブ内のカジノ・パルミエで一勝負。こちらもグラン・カジノに負けず

国家の平和と繁栄を永遠に保証するものは、
けっして武力ではなく、文化なのだと。
あるいは文化こそが最大の武力であると認識する
国民の叡智なのだと。

劣らず、いやそれ以上のハイレートである。ホワイトとゴールドを基調にしたインテリアにロイヤル・ブルーの絨毯が敷きつめられ、ヨーロピアン・スタイルのルーレットを、全員が貴族だとしか思えぬようなプレイヤーが囲む。実にさりげなく、1000フランのチップが飛び交う。

勝負に負けたというより、場の雰囲気に負けて早々と撤退。別室のスロットマシンへと向かう。

ライト・アップされた庭園に面して、50フランのハイレート・マシンが並んでいる。当然のごとく人影は少ない。敵は機械であるにもかかわらず、なぜか場の雰囲気に負けて大散財をする。どうやらモンテカルロで遊ぶには、私もまだまだ修業が足らぬらしい。おのれの分《ぶ》をわきまえたバクチは、身を滅さぬ鉄則である。

というわけで明日は、たぶん私の分にふさわしい隣町のニースへ。ハイウェイを飛ばすことおよそ三十分。コート・ダジュールの鉄火場が私を待っている。

NICE

5

リヴィエラの女王

コート・ダジュール——何という魅惑的な響きであろう。

フランス南東部、地中海に面した風光明媚な海岸線の総称である。

ホテル・メリディアン・ニースのプライベート・ビーチには、スリムな長身に黒の水着が良く似合う美女が待っていた。

「コート・ダジュールはフランス語、リヴィエラはイタリア語ですね。イタリア人に言わせればこのニースは、フレンチ・リヴィエラということになります」

マダム・ヨーコは五十歳を過ぎてからいっそう美しくなるフランス女性の典型である。フランス語とイタリア語と英語、そして正確な日本語を話す。それぞれの国のカレッジを卒業し、パリの銀行勤務ののちにコート・ダジュールに落ちついた。

「でも私のイメージでは、断崖の続くジェノヴァ湾がリヴィエラ、ここから先の白い砂浜がコート・ダジュールなんです」

地中海のコバルトブルーに弓なりの弧を描いて、純白のビーチが続いていた。

「私のイメージでは」という彼女の説明は気に入った。旅先のガイドはともすると、丸覚えの観光案内を立て板に水のごとくまくしたてる。マダム・ヨーコはプロのガイドではなかった。

「お仕事は？」と、私は少し腰を引いて訊ねた。

「これといってありませんの。モナコ・グランプリのときにはF1チームのコーディネート。ほかにはごくたまに、ノヴェリストのお相手」

ニースはモナコからハイウェイを飛ばしてわずか三十分の距離だが、趣きをまったく異にしている。

長い海岸線に沿って、英国人の散歩道《プロムナード・デ・サングレ》と呼ばれるパームツリーの並木が続く。黄色い壁のクラッシックな建物がひしめく旧市街と広場の市場《マルシェ》。太陽に愛された、自由でのびやかなリゾートである。

折しもパリ祭の当日ということで、町はヨーロッパ中からやってきた観光客で賑わっていたが、プライベート・ビーチには喧噪が届かない。

「銀行に勤めていたころ、休暇のたびに恋人とここへ来たんです」

「思い出の地に移り住んだ？」

「ノン。男と別れたらここに住もうと決めていました。休暇は年に六週間。夏に四週間、冬に二週間ですね。それだけ長い時間を一緒に過ごせば、自分自身にとって最もいい人生を思いつきます。その点、日本人は不幸ですね。忙しすぎて、物を考える暇もない」

うらやましい限りである。もし日本の銀行員が四週間のサマー・バカンスを取ったなら、たちまちデスクが消えてなくなる。

ホテル・メリディアンの
プライベート・ビーチには、
スリムな長身に黒の水着が良く似合う
美女が待っていた。

「たまたま仕事が忙しくて、年に二週間しか休暇の取れなかった年があったんです。そしたら、労働局から呼び出されてね。なぜ休まないんだって」

「休むことが義務みたいだな、まるで」

「いいえ、権利にはちがいないんですけど、会社が疑われるんですね。権利を侵害しているんじゃないかと。で、変な言いわけをしなければならない。会社のせいじゃなくて、私が悪いんです、って」

「会社からも叱られる」

「そう。それであくる日からあわてて休暇を取って、コート・ダジュールへと」

いよいようらやましい限りである。かくてパリ祭のコート・ダジュールは、休暇を取ることが権利であるというより義務である人々で溢れ返る。

かつてサラリーマンという名称がアメリカから移入された大正の初め、その職業は多くの国民の夢であった。月々官員様なみの給料を貰い、日曜は休み、土曜は半ドン、しかも有給休暇まであるという極楽のような人生。

そのころ都市生活者の大半は、未だ旧態然たる封建的徒弟制度の中で暮らしていた。すなわち労働は「奉公」であり、給与は「小遣《こづかい》」であり、休みといえば盆の藪入りと正月だけであった。

憧れのサラリーマンになるためには高学歴が必要であり、高学歴を得るためには経済力が必要である。日本的ヒエラルキーの正体はこれであった。

堅固な宿命の壁をつき破って、サラリーマンにはなれずとも「サラリーマンなみ」の人生を手に入れるためには、軍人になるほかはなかった。国民男子の過半を占める農家の次男以下はこぞって軍人を志し、中でも優秀な者は経済力の不要な陸軍幼年学校をめざした。

こうした社会構造において、明治以来の富国強兵策はピリオドの打ちようがなく、大正の世界的軍縮さえ、国民のフラストレーションをかきたてるものでしかなかった。かくて貧しい国民生活とはうらはらに偏重した軍隊は、「サラリーマンなみ」という意識のコンプレックスも相俟《あいま》って、その質量ともに膨大なエネルギーの捌《は》け口《ぐち》を探さねばならなかった。

こう考えれば、近代日本の犯した大きな過ちの責任は、軍部ばかりにあるとは言いきれぬ。封建的徒弟制度の改革にたち遅れた国家の責任は重い。

今や労働は「奉公」ではなく、給与は「小遣」ではない。しかし動乱の歴史を背景にして、マイナー・チェンジの累積によって進化した今日の労働者の実態は、封建的徒弟制度とさほど変わりがない。すなわち、会社に対しては滅私奉公し、女房から小遣を与えられ、休暇は盆と正月にとり、暖簾わけのかわりに退職金を貰って生涯を終える。すべての国民は幸福を実感できずに死んでゆく。

われわれの意識の中では依然として、労働こそが美徳であり、労働をたとえかたときでも免れることは悪徳なのである。

「つまり僕は、忙しすぎて物を考える暇もない日本人のために、ここに来たのだが」

マダム・ヨーコはしばらく考えてから、地中海の風に向かってにっこりと笑った。

「それはいいことだわ。お手伝いできて、光栄です」


コート・ダジュールのカジノといえば誰でもモンテカルロを思い描くが、どっこいこの沿岸は華やかなカジノ銀座である。

「リヴィエラの女王」と呼ばれるニースの町のカジノといえば、ホテル・メリディアンの一階と地階フロア、何のことはないプライベート・ビーチから振り返れば、そこがエントランスになっていた。

このカジノは、現在のところフランス国内に十三カ所、ベルギーに一カ所のチェーンを持つ「カジノ・ルール」のうちのひとつである。

一階はルーレットを中心にしたテーブルゲームだが、午後八時からのオープンということなので、とりあえず地下のスロットルームへ。もちろんこちらは日本のパチンコ屋同様、カジュアルな服装でオーケー。入場料も不要である。

ほの暗いフロアには、スロットマシンとポーカーゲーム機がしめて340台。それでも一晩を楽しむには十分の広さである。営業時間もわが国のパチンコ屋同様、午前十時の開店。

ポーカーゲームというのは、かつてわが国のアングラ・カジノで一世を風靡し、今日でも当局の悩みの種となっているアレである。

コインを投入してボタンを押すと、五枚のカードが画面上に現れ、一回だけのチェンジが許される。要はカード・ポーカーとまったく同じである。でき上がった役によって配当が加算され、ブタであれば投入金はなくなる。

スロットマシンがまったくの運次第であるのに比べ、ポーカーゲームはカード・チェンジの技術を必要とする。つまり、頭を使う分だけ面白く、かつハマるのである。

このマシンはおそらく、日本人の発明によるものではなかろうかと私は疑っている。なぜなら、二十年ほど前に日本のアングラ・カジノで爆発的なヒットをした後、しばらくの間を置いてラスベガスに上陸した。まちがいなく登場は日本が先なのである。

今やラスベガスにおいてもスロットを凌ぐ勢いで、私の与《あずか》り知らぬ間にコート・ダジュールの主役になっていた。

ただし、マシンのシステムはそれぞれお国柄を反映する。アメリカのポーカーゲームのほとんどはでき上がった役がそのままプールされるだけだが、ヨーロッパにはその得点をプー

▼「リヴィエラの女王」と呼ばれるニースの町のカジノといえば、ホテル・メリディアン・ニースの「カジノ・ルール」だ。

ルするか、あるいはさらなるチャレンジをして倍加するかという選択ボタンがある。いわゆる「ビッグ・オア・スモール」である。日本のアングラ・カジノの最新鋭機には、それに加えて複雑なボーナス・システムがある。つまり、アメリカ人はともかく難しいことが嫌いで、日本人は逆に複雑怪奇なルールを好むのである。

ものはためし、私はハイレートの10フラン台に座った。1ベットが日本円で170円、フルベットは100フランであるからあんがいデカい。

数分後、♣のクイーンだけが欠けたロイヤル・ストレート・フラッシュのカードが出現した。迷わず四枚をホールド。一枚のチェンジに賭ける。

「出るわけねーよなー」と、同行のギャラリー。「出ますわ、きっと」と、マダム・ヨーコ。気合をこめてチェンジのボタンを叩くと、鮮かに♣のクイーンが微笑んだ。

「ウイ！　マンマミーア！」

2500フランのビッグヒット。まさにリヴィエラの女王。

NICE

6

花火とトップレス

午後九時。ニースの街にようやく夜の帳《とばり》が下りる。

ホテル・メリディアンのスイートルームには、キャッチボールのできそうな広いバルコニーが付いていた。デッキチェアに身を横たえて、弓なりの海岸線の果てに沈む夕日を眺める。

それにしてもわからん。日本以外の国は、どうしてかくも日昏れが遅いのであろう。北欧やスコットランドならともかく、地中海沿岸がおしなべてこの時間にならなければ暗くならないという事実が、私にはどうしても理解できない。サマータイムの一時間を差し引いたとしても、やはり昼間が長すぎる。

思うに、日本人の遊び下手は早い夜の訪れと関係があるのではなかろうか。ヨーロッパでは会社が定時に終わって家に帰っても、まだ夜ではない。職場と住まいが近くて、会社帰りの付き合いや仕事の延長である接待の習慣がないとなれば、なおさらである。そこで、おめかしをして食事に出るか、コンサートにでも行こう、ということになる。日のあるうちにそそくさと夕食をおえ、晩酌をしながらテレビの前でゴロゴロするのは、不健康かつ不謹慎である。しかし日本は夜が早く来てしまうので、おとうさんの生活は自然にそうしたローテーションに収まってしまう。

日本の日没も夜の八時か九時であったのなら、やはりオヤジたちの生活のリズムは大きくちがってくるだろう。

まず、帰りがてらの妙な付き合いがなくなる。まだ日が高いのに、縄のれんをくぐって一杯という気にはなるまい。そこでさっさと家に帰る、おめかしをして飯でも食いに行こう、ということになるにちがいない。

家族の絆は強まり、オヤジは子供たちからコケにされず、なおかつ消費活動は自宅の近辺でなされるから、地域の振興にも大いに役立つ。

わが国にもサマータイムを導入すれば、ヨーロッパなみとはいかなくても、生活のイメージはかなり豊かになるであろう。

子供の目から見れば、くたびれているか酔っ払っているかどっちかのおとうさんというのは、いかに勤勉勤労であっても、やはり魅力に欠けると思う。少くともそういうおとうさんを尊敬するようになるには、長い時間が必要である。長い時間とは、要するに倅が同じ境遇になるか、娘が同じ境遇の亭主を持つようになるまで、という意味であるが、そうした親子関係というのはすでに悲劇であろう。

かくて日の昏れた午後九時半、街なかのチャイニーズ・レストランに向かった。

日本人旅行者にとっては、「困ったときのチャイニーズ」「困ったときのマクドナルド」は合言葉である。このふたつは、世界中のどこの国にもある。

ただしフランスの中華料理店は、チャイニーズというよりベトナムふうの店が多い。かつて仏印（フランス領インドシナ）の支配者であったころの名残りであろうか。何はともあれ、米の飯に箸を運べるのは有難い。しかも世界中のどこへ行っても、中華料理店のメニューには漢字が併記してあるので、当地の言語をさっぱり解さぬ旅行者にも、何となく料理の内容がわかる。これもまた有難い。

わけのわからんフレンチ・レストランのメニューを当てずっぽうで注文し、みごとに山が外れたときのあのみじめさも味わわずにすむ。

地中海の新鮮な海の幸を使った料理は、なかなかのものであった。

腹ごなしに、パリ祭の夜に沸き立つ街をそぞろ歩く。岬に花火が上がり、観光客たちは狂喜している。

そう言っちゃ何だけれど、隅田川で産湯につかった私の目から見ると、外国の花火はすべてションベンである。こいつらに本物の玉屋鍵屋を見せてやりてえと、しみじみ思った。

花火は好きである。たぶんバクチよりも好きである。花火の晩にバクチを打ったという記憶はない。

死んだ父親が花火の晩に電話をかけてきて、「おめえ、よもやたァ思うが、花火も見ずに小説なんぞ書《け》えてるわけじゃああるめえな」と凄んだ。締切が、と答えたとたん怒鳴りつけ

▼「コート・ダジュールで、世界一おいしいブイヤベースでも食べようか」

られた。花火を見ずに仕事をするのは、「情けねえ」のだそうだ。あくる年の花火まで、勘当となった。

若い時分は玉屋鍵屋を大声で叫んで、華やかさに酔いしれた。五十の声を聞いていっぱしの通になった近ごろでは、祖父や父が讃えた「消し口のいさぎよさ」がわかるようになった。打ち上がった大輪の花火が、漆黒の夜空に跡かたもなく消える一瞬――その一瞬のいさぎよさこそが見所なのである。だから女子供は花の開いた瞬間に「たーまやー」と間延びのした歓声を上げ、老人たちは嘘のように花が消えた一瞬に、「よっ、たまやっ」と江戸前の声を出す。

こんな風流は、どう説明したところでフランス人にはわかるまい。

ションベン花火はたいがいにしてホテルに戻り、一階のカジノへと乗りこむ。

ホテル・メリディアンの一階にあるカジノ・ルールは、町の喧噪とはほど遠い別世界であった。もちろんジャケット着用は入場者の条件。ただしサマーシーズンに限ってはノータイでも良い。

広いフロアに、わずか十数台のルーレットテーブルがのびのびと配置されている。客の数もころあいである。

どうもルーレットというのは、この「ころあい」が難しい。客が鈴なりになってオーバーヒートしているテーブルでは、思うところにチップが張れないし、トラブルが起きれば言葉が足らぬ分だけ損をする。かと言って、ディーラーとサシの勝負では気分が乗らない。

ころあいとは、周囲にぐるりとプレイヤーが座っているテーブルのことである。熱くなることもなく、ほどほどに気合も入る。

昼間に地下フロアのポーカーゲームでロイヤル・ストレート・フラッシュをゲットし、懐は温い。しかしこの心の余裕が危い。なにせ昨日はモナコのグラン・カジノで、ジャック・ポットの大金をアッという間にルーレットに食われた。

それにしても、ルーレットとは何と神秘的なゲームであろうか。

まったく運まかせのようでありながら、漫然と運や勘を頼りに張っていると、必ず負けてしまう。ものすごく考えるのである。いったい何を考えるのかといえば、ひとつは数の流れである。出目の連続の中から何がしかの法則性を見出す。赤と黒、大中小のダズン、偶数と奇数、そのほかありとあらゆる出現の一定法則を探って、いかにもありそうなインサイドの数字を狙う。

もうひとつ頭を悩ます要素は、プレイヤーたちのキャラクターである。いかに腕利きのディーラーでも、思った数字にボールを落とせるわけではなかろうが、プロフェッショナルならばゲストの勝ち負けを按配することはできるだろう。正確ではなくとも、「だいたいそのあたりを狙う」とか、「それだけははずす」という程度のテクニックは持っているはずである。

またバクチは何でもそうだが、プレイヤーはみな「受け目」と「負い目」のいかんともしがたい運を背負っている。あの若い女がツイていると思えばその張り目に乗ればいいし、こっちのオヤジはいずれオケラだと判断すれば、その反目《はんめ》を狙えばいい。

そうしてプレイヤーたちのキャラクターとディーラーの意思を推理し、なおかつ数字の流れを読んでゲームを進める。

ものすごく考える。ものすごく疲れる。しかしそうこうしているうちに、おのれの魂はいつかこの世ならぬ神秘の場所に搦《から》め取られてゆく。

この「どこかに搦め取られる快感」こそが、ルーレットの魅力であろう。

かくて私はその数時間後、魂とともに有金を搦め取られて部屋へと戻ったのであった。

あくる朝は快晴であった。

なぜか持っている双眼鏡を構えて、眼下のプライベート・ビーチを眺める。

朝の海岸はトップレスだらけだと、情報通の久保カメラマンが言っていた。久保は昨夜、カジノで死んだらしい。

黄色い壁のクラッシックな建物が
ひしめくニースの旧市街にて。

十年来愛用しているオリンパス双眼鏡が、競馬場以外の場所で使用されているのは初めてのことである。馬を見るためのレンズは、乳も見ることができるのだと知って、私は歓喜した。

なるほど、うら若きフランス女性たちが水着姿も初々しく、プライベート・ビーチにやってくる。そしてデッキチェアに身を横たえるやいなや、実にさりげなく、まるでそうすることが定めでもあるかのように、ビキニのブラをはずす。

デッキチェアはすべて海に向かって平行に並べられているから、同じビーチの男どもからは見えない。ところが、ビーチを俯瞰するホテルのバルコニーには、双眼鏡を構えた私がいる。

正しくは彼女らが無防備なのではなく、私が助平なのである。欧米人の女性は肌を晒すことに、私たちが考えるほど抵抗は持たない。

きょうはいくつかのカジノをめぐりながら、隣町のカンヌへと向かう。

CANNES

7

アンティーブの古城にて

俗に、食欲と性欲と睡眠欲とが人間の三大欲望であるとかいう。

欲望は人それぞれであるけれども、個体の維持と種の保存のためには、どうしてもこの三つは欠かすことができぬというわけなのだろう。

しかし私の場合は、これに「博奕《ばくち》欲」という欲望が加わる。私にとってのギャンブルは趣味の領域ではなく、個体の維持にかかわる本能的欲望なのである。

たとえば一週間ばかりバクチを打たずにいると、たちまち血圧に変調をきたし、動悸、息切れ、めまい等の禁断症状を呈する。性格も獣のごとく凶暴になり、原稿取りの編集者に玄関のドアを開けたとたん飛び蹴りをくわしたりもする。ために家族は、「バクチはたいがいにしなさい」などとはけっして言わず、むしろスケジュールの合間にはつとめて私を鉄火場へと送り出す。平和はバクチによってのみ保障されているからである。

こうした「博奕欲」は家系の遺伝子に組みこまれているらしく、わが家の歴代はみな同様であった。かといって全員が常にこの欲望を満足させているわけではないから、家庭内にはいつも誰かしら荒れている男がおり、理由なき飛び蹴りをくれているのであった。

私が高校生のころ、たまたま欲望にかられて出かけた後楽園の競輪場で、親子三代ハチ合わせという悲劇に見舞われたことがあった。学校に行っているはずの孫と、仕事に行っているはずの父と、ちょっくらタバコを買いに行った祖父とが、あろうことか同じ穴場の窓口に

並んだのである。

同時にハッと気付いて身を翻したのだが、全員が買いそびれた②―⑥がめでたく的中車券であったというのは、さらなる悲劇であった。たしか三千いくらもつけた穴車券であった。

しかしその晩の夕餉の膳はなごやかであった。おたがい気まずかったからではなく、その日は三代が同時に博奕欲を満たしていたからであろう。

祖父は菊花賞のグリーングラスの単勝馬券を握って死に、父は京王閣のスタンドで倒れた。そのうち私も、どこかのカジノのテーブルに血を吐いてくたばると思う。

私の小説の愛読者、および出版各社の文芸編集者たちは、「世界カジノ紀行」なるこの企画にさぞかしブーイングを送っているであろうが、天国の祖父と父が喝采していることだけはたしかである。

ニースからカンヌにかけての海岸線は、言わずと知れたカジノ銀座である。ラスベガスのように巨大カジノが密集しているわけではないが、ちょうど日本のパチンコ屋のようなサイズのカジノが点在しているから、日本人にはむしろ親しみやすい。

「ベテル・カジノ」を経て、近ごろ評判の「エデン・カジノ」へ。しかしどこのカジノもテーブルのオープンは夕方なので、昼間はもっぱらスロットやポーカーゲームでの勝負になる。

ということは、必然的に早い時間にマシンで遊び、夜はテーブルをめぐり、午前四時のクローズとともにホテルへと引きあげるという時間割ができ上がる。打っても打っても打ち足らぬ私のような博奕打ちにとって、この制約はむしろ有難い。

「エデン・カジノ」は旧約聖書のエデンの園をイメージした内装であるが、ほの暗い地下のフロアにジャングルのような草木が生い茂り、楽園というよりむしろ地獄に似ている。

しかしこの地獄は私の趣味に叶う。近ごろのＪＲＡの施設などにも感じることなのだが、清潔で明るいギャンブル場には欺瞞の臭いがする。少くとも、「俺の金でこんなにきれいにしやがって」と思う。その点この「エデン・カジノ」の地獄めいた暗さと陰湿さは、俄然私をやる気にさせた。大繁盛の理由はおそらく、私と同じ趣味のギャンブラーが大勢いるからなのだろう。

ところで、この地区のスロットマシンにはひとつだけ面倒なことがある。マシンに札《ビル》が入らないのである。つまり、ゲームを始める前にキャッシャーに行って札をコインに両替し、いちいちそのコインを投入しながらゲームを続けなければならない。

実に面倒くさい。手も真っ黒に汚れる。ハード・ギャンブラーともなれば、長い間には生爪がはがれるのである。私は初日のモナコで早くも指先に異常を感じ、右手の中指と拇指《おやゆび》にテーピングを施していた。

これはたぶん、急激なマシンの抬頭に紙幣の識別システムが追いつかないせいであろう。コインがなくなるたびにお気の入りのマシンを離れねばならず、またキャッシャーで行列をさせられていると、熱もさめてしまう。まさしく興ざめである。

しかし、ジャック・ポットの大当たり打ち止めに際しての税率は10パーセント。モナコの無税には及ばぬが、ラスベガスの30パーセントに比べればかなり良心的であるといえよう。

モナコとニースとカンヌは、フレンチ・リヴィエラの海岸線に等間隔で並ぶ三つ子の町である。たとえば、湯河原と熱海と伊東の距離をイメージすればわかりやすい。

映画祭で名高いカンヌはニース空港から車で三十分、ビーチに沿って新旧のホテルが軒をつらねる景勝の地である。紺碧の地中海にはヨットやクルーザーが碇泊し、町には優雅な別荘族の姿が目につく。何となく、ニースがビジターの町なら、カンヌはメンバーのリゾートという感じがする。

まっさきにめざしたノガ・ヒルトン・ホテルのカジノは、サマーシーズンたけなわというのに閉鎖されていた。

噂によると、スロットマシンの導入が汚職問題に発展し、営業停止のやむなきに至ったそうである。ということはつまり、行政を巻きこんでしまうくらい急速に、ヨーロピアン・カジノのアメリカ化が進行しているのであろう。

▼ニースの市場。きれいに並べられたフェイクの果物菓子。

ST-ESPRIT

「ムシュウ。どうなさいました、
もしや新たな物語の構想でも?」

かの黒澤明監督もこよなく愛したアンティーブ。
石造りの民家が建ち並ぶピカソゆかりの地で、幻想を見た気がした。
それは、アトリエからいそいそとカジノに通う巨匠の姿であった。

従来、ヨーロッパの主流はテーブルで、アメリカのカジノはマシンが中心とされていた。しかし優雅だが悠長なルーレットよりも、スロットマシンの売上げが圧倒的なのは当然である。そこでごく最近になって、コート・ダジュールのカジノは急激にスロットマシンを導入し始めたのだが、紙幣の識別システムが追いつかないのと同様に、役所の許認可にも相当アイマイなことが行われてしまったのだろう。

踵《きびす》を返して、ビーチ沿いのクロワゼット大通りを少し戻り、カールトン・インターコンチネンタルの豪華カジノへ。

困ったことに、フランスという国は美観を大切にするので、カジノを探すにしても派手やかな看板がない。カールトンの場合も門前にコーヒー・ショップのような小さな案内板が出ているだけなので、事前知識がないと見過ごしてしまう。

カジノはビーチを一望に見渡す最上階である。地中海の絶景を眺めながらスロットマシンに興ずる。実に気持ちがいい。ただし、気持ちが良すぎて、負けても損をした気がしないというのはこわい。

眼下にはプライベート・ビーチに沿ってパームツリーの並木が続く。一本の木の巨大さが、このリゾートの歴史をおのずと語る。

カンヌを離れ、かの黒澤明監督もこよなく愛したというアンティーブの町へ。

石造りの民家がひしめく、古い港町である。市場《マルシェ》を抜けて石畳の路地を登って行くと、丘の頂に古城がある。もともとはモナコのグリマルディ王家が１６０８年まで居城としていたものだが、１９４６年からはパブロ・ピカソがアトリエとした。現在はピカソ美術館として公開されている。

制作の合間にたぶんピカソもそうしたであろう古城の窓辺に倚《よ》り、日ざかりの地中海を眺める。とたんにわが身の卑小さに気付き、ウンザリとする。

今さらこんなことを言うのも何だが、私も小説なんぞを書いて、あれやこれやと文学賞をいただいているのだから、おそらく芸術家のはしくれなのである。しかし私の目は執筆に疲れているわけではなく、この数日というもの日に夜をついで打ちっぱなしのバクチに疲れ果てているのであった。

「ムシュウ。どうなさいました、もしや新たな物語の構想でも？」

マダム・ヨーコが囁きかける。ジョークではないのである。フランス人は芸術家に対して最大の敬意を払ってくれる。「ぜんぜん」とはまさか言えないので、この際いかにも物語の構想を練っているような顔をしなくてはならない。

「そう……漂泊の画家が、この港町で貧しい魚売りの娘と恋に落ちる。古城のアトリエで、娘は一糸まとわぬ裸身を画家の前に晒し、私を描いて、と……」

「トレビアン。何と美しい物語でしょう」

口から出まかせであった。そういう美しいお話が書けるのであれば、そもそも世界カジノ行脚に出かけるはずはなかろう。

そのとき私が考えていた最大の疑問は、はたしてパブロ・ピカソはこのアトリエからカジノ通いをしたか、ということであった。

古城を出て、再び石畳の路地をさまよう。この美しい町には今も、多くの芸術家たちが住まうという。こんなことをしている場合じゃなかろう、という自責の念にかられる。

いやちがう、と私はふるい立った。「こんなことをしている場合か」という自問が、そもそも日本人的なのである。幸福の所在をついに確認できず、働きづめで死んで行く悲しい日本人オヤジのために、私はここにこうしているのだ。

夏の陽がヨットの帆を染めている。いざ、カジノへ！

CANNES

8

カンヌのナポレオン

Casino の語源は、イタリア語で「小さな家」を意味する Casa である。

おそらく中世のイタリア貴族は、しばしば固苦しい館《パラーッツォ》を離れて別荘《カーサ》にこもり、ギャンブルに興じたのであろう。特権支配階級すなわち敬虔なカソリック信者でなければならなかったイタリアでは、バクチも「小さな家」でこそこそと行われていたらしい。

一方、庶民が集まるカジノが出現したのは産業革命以後のことである。動力機械の登場によって、それまでは食うために働き続けねばならなかった大衆が、余分な時間と金とを持った。いつの時代でもそうだが、ヒマとカネがあると人間はロクでもないことを考えるのである。

当然こういうものは弾圧と規制の対象になる。人間は元来、時間と暦とに追いたてられながら額に汗して金を稼ぐべきなのである。ところがギャンブルは、けっして労働とはいえぬ遊戯によって、金のやりとりをする。これを規制せずして、まともな社会を維持できようはずはない。

しかし人間にはみな射幸心があり、少くとも働くことより遊ぶことのほうが楽しいに決まっているのだから、いかに厳しい規制を加えたところでギャンブルを根絶やしにできるはずはなかった。

法と娯楽とのイタチごっこが長く続いた後に、「いっそのことカジノを公設にして、テラ銭を取ったらどうだ」と考えたやつがいた。

今にして思えば、この発想はすばらしい。どこの誰かは知らんが、考えついたやつは天才である。

だいたいからして政治家なるものは古今東西、保身のかたまりであるから、発想のコペルニクス的転回を禁忌とする。必ず現状における利得ばかりを考える。すなわち、「いっそのこと」という言葉自体が禁句なのである。

コペルニクス的転回とは、カントが『純粋理性批判』の認識論において、主観が客観に従うのではなく、逆に客観が主観に従い、主観が客観を可能にすると考えたことを、天動説から地動説へのコペルニクスの転回にたとえて自ら称した語である。

ギャンブルを悪とするのは普遍的認識であり、それを規制することはやはり普遍的な主観であろう。「イタチごっこ」とはつまり、規制しきれぬ社会現象すなわち社会的客観に、政治的論理的主観が従属している姿をいうわけで、そんなバカバカしいことを続けるのなら「いっそのこと」客観が主観に従うようにし、主観が客観を可能にする形を実現してしまえ、というわけで、あろうことかお上《かみ》が胴元になったのである。

早い話がこのシステムの発想者は、宇宙の仕組について、それまでの天動説を排除して地動説を提唱したのであった。

▼カンヌ映画祭で有名なフェスティバルホールの隣にカジノがあった。

これはすごい。カジノを公営化してしまえば、テラ銭は平等に社会還元できるのである。なおかつ庶民の欲望を公設カジノに吸収しておけば、社会事情に応じた規制はいとも簡単であるし、その他のギャンブルや「アングラ・カジノ」も、徹底的に弾圧することができる。文句は誰も言わない。

こうしてギャンブルは公営化され、現在では公営同然の厳しい管理下に民営化されたカジノから、巨額の税収が上がるというシステムに進化した。

サマーシーズンたけなわだというのに、カンヌの街には日本人の姿がなかった。

マダム・ヨーコの話すところによれば、カンヌに日本人観光客が目立つのは映画祭のシーズンだけだという。

「日本が景気のよかったころは、通訳と接待とで忙しかったんですけど」

パルム・ビーチのカフェで真昼のカクテルを飲みながら、マダム・ヨーコは苦笑した。

「へえ、カジノに来てたの？」

「いえいえ。日本人はギャンブルをしませんね。不動産投資のビジネスマンが多かったんです。まったく、日本人はどうしてこんなにお金を持っているんだろうって、みんなビックリしていましたわ」

潮風に吹かれながらマダム・ヨーコの語ったエピソードは興味深かった。

バブル全盛のころ、ある日本人投資家がコート・ダジュールにやってきた。ホテル関係者との会食の席で、やたらとワインの蘊蓄を傾けるわりにはテーブル・マナーが悪く、通訳のマダム・ヨーコを悩ませたそうである。むろん食後のカジノでは目を瞠《みは》るようなハイローラーぶりを発揮した。しかし、誰がどう見ても、自称するほどのギャンブラーではなかった。

ルーレットのテーブルでは、何の根拠もない思いつきの数字にトーテム・ポールを立てる。ブラックジャックを始めると、21になるまでヒットし続けるから、ほとんどバーストしてしまう。要するにギャンブラーどころかルールもよく知らない手合いであった。

それでも自分が負けるということが信じられないらしく、関西弁でブツブツと文句を言いながらゲームをやめようとはしない。しまいには周囲のプレイヤーたちが、「彼はナポレオンかね」と嫌味を言う始末だった。

「そう。そのバブル紳士は、自分に不可能はないと信じてたんです。負けているという現実がふしぎでならない。しまいには手持ちのフランを使い果たして、日本円の札束でチップを買い始めてね――」

そしてとうとう、彼は敗北を認めるかわりに、ブロークンな英語で叫んだのだった。

「ハウ・マッチ・ディス・カジノ！」

その一瞬、プレイヤーやディーラーたちが向けた軽蔑の視線を想像すると、身のすくむ思いがする。

「喧嘩ごしの大声だったうえに、妙に間《ま》がよくってね。カジノの中がシーンと静まり返っちゃったんですよ。で、ピット・ボスが高椅子の上から私に向かって言ったの。マダム、すまないけどあなたのお友達をここから連れ出してくれないか、って。あんな恥ずかしい思いは後にも先にもありませんわ。同じ日本人として」

自ら不可能はないと信じたあのころの日本人は、さんざ外国を食い荒らし、日本の国威を貶《おとし》めたあげく死に絶えてしまったらしい。

日が傾くまでクロワゼット大通りの往来に目をこらしていたが、ついに日本人の姿を一人も見ることがなかった。

ところで私は前項で、コート・ダジュールのカジノのスロットマシンには札《ビル》が入らないと嘆いた。

よくよく考えてみた結果、どうやらこれは技術上の問題ではないらしい。つまり来たるべきユーロ統合に備えて、フランス紙幣の識別システムは導入していないのである。この考えが正しければ、２００２年の早々には全ヨーロッパのスロットマシンはすべて識別機能を搭

「ハウ・マッチ・ディス・カジノ！」

サン・ポール・ド・ヴァンスの黒猫と。

載し、ユーロ紙幣をパクパクと食うはずである。

何も私に限らず、日本人オヤジはみな母国の機械技術を過信しているフシがある。たとえば外国でトイレを使用したとき、「なぜこのトイレはケツを洗ってくれないのだろう」などと考えたりする。ユーロ統合という必然の未来を少しも想定せずに、マシンにコインを放りこむ面倒を嘆いていた私は愚か者であった。

しかしそれにしても、わが国の紙幣識別機というのはスグレモノである。こればかりはアメリカの宇宙技術と同じくらい、世界に冠たるものであろう。

人件費が世界一で、治安のよさがこれまた世界一という日本では、当然のごとく自動販売機なるものが発達した。このすばらしい技術と、尻を洗う便器が世界各国に輸出されないのは、まことにふしぎというほかはない。

たとえばラスベガスのスロットマシンはすべて紙幣識別機能を備えているが、その性能の悪さといったら噴飯ものである。三十年前のわが国における、パチンコ屋の玉貸機だっていくらかはマシであった。

ドル札のフェイスを上にして、なだめすかしつつソロソロと入れなければ、まず受け付けてくれない。札の角が少しでも折れていたらダメ、しわくちゃでもダメ、なおひどいことには、ピン札でもダメなのである。なにせこっちはバクチの最中であるから、これは苛立つ。

「これからイタリアのカジノに行きませんか」

イライラしながらマシンを変えると、入れ代わりに座ったババアがいきなりジャック・ポットを出したりする。

では、日本の最先端技術とはどういうものかというと、現在ＪＲＡが採用している自動馬券発売機がそれである。競馬をやらない人々のために紹介しておく。

紙幣の種類も裏表も関係なく、百枚まとめてパクッとくわえたとたん、ものの二秒で計算をおえ、マークシートを読み取るとたんに鮮明に印字された馬券を吐き出すのである。しかも私はいまだに、読み取り不能で戻された紙幣に出くわしたためしがない。しかもしかも、なおふしぎなことには大金を入れれば入れるほど馬券はみごとにはずれる。この紙幣識別機能はまちがいなくダントツの世界最先端である。

なぜこのすぐれた技術が、世界の競馬場やカジノに輸出されないのかというと、答えはただひとつ、わが国のエリート技術者や商社員は、誰も罪深いバクチなどやらないのである。

「これからイタリアのカジノに行きませんか」

東の方角を指しながら、マダム・ヨーコが言った。

「えっ、イタリア？」

「スィ。ハイウェイを一時間とばせば、サンレモです。すてきなカジノもありますわ」

いざ、ＣＡＳＩＮＯのふるさと、イタリアへ！

SAN REMO

9

サンレモの夜は更けて

モナコからニース、カンヌ、ついには踵を返して国境を越え、イタリアのサンレモへと私のバクチ旅は続く。

名所観光も文化鑑賞もないのである。あたかも前戯皆無のセックスのごとく、まっしぐらにカジノからカジノへと渡り歩くこのような旅を、かつて経験した人があったであろうか。まさに壮挙と暴挙とは紙一重である。

ニースからハイウェイを飛ばして一時間、すなわちモナコ公国の北を通り越してしばらく走ればイタリア国境である。むろん国境とはいっても現在のヨーロッパには有ってなきがごとしで、検問や通関などの面倒は何もない。国境を越えると言葉だけがきっぱりと変わるのが、むしろふしぎなくらいである。

サンレモのカジノ・ムニチパーレは、庭園とパームツリーに囲まれたベル・エポック調の華麗な建物であった。しかし――なぜかサマーシーズンたけなわであるにもかかわらず、テーブルゲームはすべてクローズされていた。

ヨーロッパのカジノにルーレットがないというのは、鮪のない鮨屋と同じであろう。いや、海老を切らしちまった天プラ屋と同じである。江戸前の私には、その性根が断じて許し難かった。

「マダム・ヨーコ。通訳をしてくれたまえ。てめえの店は鮪のねえ鮨屋か。海老のねえ天プ

「思えばこのプラス思考で、五十年の人生をむりやり乗り切ってきた」

ラ屋か。造作ばかしごてえそうにしァがって、とっとと暖簾を下ろしねえ、と」

イタリア人はどんな不調法でも笑ってごまかす。そうはさせじとマネージャーの笑顔を睨みつけながら私は言った。

「……すっごく難しそうですけど、いちおう通訳します」

マダム・ヨーコは流暢なイタリア語で話し始めた。どう通訳したのかは知らぬが、たぶん「肉のないステーキ屋」とでも言ったのであろう。むろん、カモメのような眉をした陽気なマネージャーは笑ってごまかした。

「テーブル・フロアは改築中なんだそうです」

「あ、そう」

内心はどうでもいいのである。鮪のない鮨屋は許し難いが、私は鮨なら何でも良い。かくて私は、ベル・エポックの宮殿を埋めつくすスロットマシンの森へと歩みこんだ。


勝負の場に臨んで、私は自分の敗北をイメージしたためしがない。結果がどうであるかはともかく、始めるときには勝つものだと思いこんでいる。「きょうは勝つか負けるか」ではなく、「きょうはいくら勝つか」なのである。思えばこのプラス思考で、五十年の人生をむりやり乗り切ってきた。

ちなみに、アテがはずれて負けたときにもそうは落ちこまない。「負けた」という気分にはならず、「おかしい。ナゼだ」と思う。べつだん憤るわけではなく、「ふしぎだ」と考えるのである。したがって、いくら負けても悔い改めるということがない。

この晩もまことにいい予感がしていた。モンテカルロでは目の覚めるようなジャック・ポットを叩き出し、ニースでは人生に何度もないはずのロイヤル・ストレート・フラッシュをゲットした。二度あることは三度あるはずであった。

だいぶ絵柄のちがうイタリア製マシンに座ってほんの数分後、突如としてドラムが「7」のマークを揃えて停止した。プール金の表示が唸りを上げてカウントを重ねて行く。なにせモナコでもニースでもお目にかかったことのない種類のマシンであるから、その当たりがいったいいくらなのかもわからない。

えんえんとカウントを重ねたあげく、数字は「1500000」で止まった。

二度あることは三度あった。いや、三度目の正直というべきであろう。150万フランといえば、ものすごいアバウトに1フラン＝20円で計算したって、3000万円である。私は一瞬気を失い、たちまち目覚めてはメジロパーマーが逃げ切った有馬記念以来の雄叫びをあげた。

これでもう、馬主席の片隅でちぢこまっていなくてもいい。夢にまで見たサンデーサイレ

さて、ポケットにかさばるリラの札束を、
明日はどこの国の通貨に替えようか。

ンス産駒のオーナーだ。もちろん、今後は新聞社や出版社と、みみっちい原稿料の値上げ交渉などもする必要はない。

私は全世界共通のガッツポーズを何度もくり返したのち、地中海に向かって万歳を三唱した。周囲のイタリア人たちはみんな持ち前の笑顔も忘れて、呆然と私を見つめていた。

そのとき、久保カメラマンの暗い関西弁が、私の耳元に囁きかけた。

「……センセ。リラです。リ、ラ」

バンザイと双手《もろて》を挙げたまま、私は古代の彫像になった。

「……もしかして、フランで計算してません？」

サンデーサイレンス産駒がターフを疾走する幻が瞼にうかんだ。

「1リラって、いくら？」

「ええと、1リラがいくらっていうんじゃなくて、1円が15リラとか、そんなところでしょう」

「ということは、150万リラって、いくらなんだよ」

「たぶん、10万円ぐらい」

私は下ろした手でカメラマンの首を絞めた。

陽気なイタリア人たちが、私の愚かさを笑顔で労ってくれたのはせめてもの救いであった。

もはや鮪や海老どころではなかった。サンレモのカジノはその豪華なたたずまいとはうらはらに、わが国のパチンコ屋よりずっと低レートの、きわめて庶民的な遊戯場だったのである。

だとすると、この取材期間からわずか数カ月後、リラがヨーロッパ共通通貨なるユーロに切り替わってからは、イタリアのカジノはいったいどういうことになるのであろうか。この点については想像するだに興味をそそられる。

それにしても、イタリアは面白い国である。ビジターの趣味と主観によって、これほど印象の異なる国は世界中に二つとあるまい。

ある人はストイックで暗鬱なカソリックの国であると信じ、ある人は光と風に満ち溢れた陽気な国のイメージを持つ。伝統文化と芸術の宝庫であるかと思えば、スタイリッシュでファッショナブルな国という気もする。正しくはそれらのすべてが混在し、ふしぎな調和と均衡を保っている国がイタリアなのである。

つまり、バチカンもマフィアも、ミケランジェロもアルマーニも、シーザーもムッソリーニも、ダ・ヴィンチもパスタもビバルディもフェラーリも、みんなイタリアにはちがいないのである。

サンレモのカジノ・ムニチパーレのテーブルゲームはすべてクローズされていた。

夜も更けて何となく怪しげなサンレモの町を歩きながら、私はこのふしぎな国について今さらのように考えた。どういうわけかこの国はどこへ行っても、夜歩きが心細い。

イタリアはローマ帝国以来の長い歴史を持っている。にもかかわらず、まことに意外なことに王制が廃止されたのは１９４６年で、現在の共和制が発足したのは１９４８年である。つまりわれわれが親しむイタリア共和国は、戦後日本とほぼ同じ歴史しか持たない。

国土は南北に長く、北はアルプスに接し、南は温暖な地中海の島である。気候風土が大きく異なるそれらの地域を、多くの都市国家が支配するという稀有な形が、ごく近代まで続いていた。

しかし、イタリアは昔から現在のサイズのイタリアなのである。政治的支配の有為転変とはいっさい関係なく、文化的国家としてのイタリアは古代ローマの昔から「確固たるイタリア」を形成してきた。

ミケランジェロやダ・ヴィンチを生んだこの国のプライオリティは、必ずしも「豊かさ」ではない。すべてに先んじるものは「美しさ」なのである。

かつてローマに滞在したとき、こんな面白いエピソードを耳にした。

ナチス支配下のローマは軍事上の理由から、古い石畳をアスファルトの道路に変えたのだが、戦が終わったとたんにイタリア人たちは、再びアスファルトを壊してすべての道に石畳を敷き直した。

石畳は不便である。観光客は足の疲れに悩み、靴も車も傷み、むろん危険でもある。ではなぜわざわざそんなことをしたのかというと、石畳はアスファルトより美しいからなのだった。

利便のためならお構いなしに何でも壊してしまうわれわれ日本人にとっては、まことに耳の痛い話である。

さまざまのイメージが混在していると思うのは、われわれの勝手な解釈なのかもしれない。おそらく彼らは、世界中のどの国も及ばぬ美意識によって、さまざまの文化を育て上げてきたのであろう。そう考えればイタリアという国は、アメリカとはまったく別の基準でいうところの、偉大なる国家なのである。――などと、深夜営業のリストランテでびっくりするほどうまくて安いピザを食いながら語り合ううち、カジノの怒りもおさまった。ＣＡＳＩＮＯはその語源のごとくイタリアが発祥の地ではあるが、偉大なるイタリア人にとっては、ほんの取るに足らぬ文化のひとつにちがいない。

小説も写真も芸術なのである。おそらく天上のミケランジェロは、怒りにかられて写真家の首を絞めた小説家の姿を、あきれ果てて見下ろしていたことであろう。

再び町に出ると、古いサンレモの駅舎の夜空は満天の星であった。

さて、ポケットにかさばるリラの札束を、明日はどこの国の通貨に替えようか。来たるべきユーロ統合が、ちと淋しい気もするイタリアの夜であった。

BADEN BEI WIEN

10

バーデンよいとこ

私の趣味といえば、一にギャンブル、二に温泉、三に音楽鑑賞である。

もちろん、読み書きはそれら以上に好きだが、今やなりわいとなってしまったので趣味とは言えぬ。

ということは、しばし仕事を離れ、この世でおよそ能《あと》うかぎりの極楽を体現するとなれば、どこかの温泉場で名曲を聴きつつバクチを打つ、ということになる。

まさに夢である。そんな都合のいい場所は、世界中探したってあるはずはない。と思いきや、いっけん凡庸に見える天才編集者Tは、たちどころにその夢のありかを私に教えてくれたのであった。

編集者が作家に夢を語ったからには、実現する義務がある。作家が編集者にストーリーを語れば暗黙のうちに原稿を渡す義務が生ずるのだから、社会契約上、これは当然であろう。

というわけで、私はその夢のありかを聞いたとたん、思考停止状態のTとカメラマン久保を両手に曳きずって、たちまち旅立ったのであった。

陽明学的に言うのなら、善は口にするだけではけっして善ではないのである。善なる行動をしてこその善なのである。

むろん、草津温泉で民謡を聞きながら花札を引くのではない。それはそれでやってみたい気もするけれど、Tが口にした夢は、「オーストリアのバーデンにはカジノがある」という、

MINNICH

壮大にして完璧な私の趣味の具現であった。

仕事があると言って二人は泣いた。むろん仕事なら私だってある。しかし仕事にかまけて遊びを怠ることは、遊びにかまけて仕事をないがしろにするよりもっと罪深い。


バーデンはウィーンの南30キロ、古代ローマ時代からの長い歴史を持つ温泉保養地である。ということはたぶん、世界最古の温泉といってもいいのかもしれない。ちなみに、ヨーロッパには同名の温泉場がいくつもあるので、とくにここを称して「バーデン・バイ・ヴィーン」という。

ウィーン空港からアウトバーンを飛ばせばアッという間であるが、できることならオペラ座前から路面電車に揺られて、バーデンの中心であるヨーゼフ広場に至るルートをお勧めしたい。

バーデンはヘレネ渓谷の入口に位置し、豊かな森とぶどう畑に囲まれた景勝の地である。ところは七月であったが、吹き過ぎる風はサラリとして心地よく、冬は冬で地中海沿岸に似た温暖な気候であるらしい。ローマ皇帝がここに目をつけたのも、なるほどと肯ける。

時は流れ、ハプスブルク宮廷が毎年避暑に訪れるようになってからは、この地に華やかなビーダーマイヤーの文化が持ちこまれた。すなわち、温泉地とはいえわが国のそれとはまことに趣を異にする、かぐわしくも高貴なる風情の町である。

ヨーロッパに限らず、諸外国の温泉地の多くはけっして庶民のものではなかった。温泉そのものが稀少だからである。その点わが国は世界一の、というよりまったく奇跡的にダントツの温泉保有国であり、国中どこでもやたらと温泉が湧き出ている。鑿井《さくせい》技術の発達した今日では、ほんど任意の場所から、その気になれば東京ドームの地下からだって温泉が出るのである。

つまりヨーロッパでは、ローマ皇帝やハプスブルク家のものであった温泉に、日本では太古から猿が浸っていた。まさに八百万《やおよろず》の神々がわれわれにもたらした福音というべきであろう。どこそこの温泉が殿様の専有物であったなどという話は、聞いたこともない。古来わが国の温泉は、常に庶民の生活権のうちにあったのである。

こう考えると、今日の温泉場の凋落は合点がいかぬ。その大きな原因が国民こぞっての海外旅行ブームにあることは疑いようもないが、たとえて言うなら定期預金を担保に高利の借金をし、あるいは恋女房をさしおいて女遊びをしているというような、バカバカしさと不倫を感じぬでもない。

てなこと考えながらバーデンのヨーゼフ広場に立ったとたん、私は草津や有馬や箱根を愛するナショナリズムを、きれいさっぱり忘れてしまったのであった。

バーデンはよいところである。一度はおいでというべきであろう。

豊かな緑と咲きほこる花の中に、まったく物語のようなハプスブルク時代の街並が続いている。ツアーバスもなく、けばけばしいみやげ物屋も見当らず、ヨーロッパ各地から訪れた優雅な避暑客ばかりが、のんびりと歩いている。とりわけ温泉保養にきた老人たちの姿が目につく。

風はほのかな硫黄の香りを含み、中世の橋の上に立てば、川面に流れ落ちる下水から湯煙の立ち昇るさまが望まれた。

グランド・ホテル・サウアーホフは、知る人ぞ知るヨーロッパ屈指の高級リゾートホテルである。

広大な芝生の前庭に、まるで巨鳥が翼を休めるような三層の館が建っている。そのたたずまいを見ただけでも、このホテルの格式は歴然としている。すなわち、庭に面した一階はすべてレストランやロビーやリラクゼーション施設を収めたパブリック・スペースで、二階がゲストルーム。そして瓦屋根に小さな天窓がつらなる三階は、ゲストに従ってきた使用人たちが泊まる部屋である。かつてのヨーロッパでは、旅行そのものが貴顕の楽しみであったから、伝統あるリゾートホテルは概ねこうした形をしている。

エントランスは馬車で乗りつけるようにできている。ホテルの大きさに較べて、フロント

▼グランド・ホテル・サウアーホフの美しい中庭に思わず時を忘れる。

SAUERHOF

幸福な人生とは、
つまるところ死の床に臨んで
悔悟せぬ人生のことであろう。

グランド・ホテル・サウアーホフの前庭を歩く。ベートーヴェンをはじめ19世紀にここを訪れた数多くの人々に思いをはせる。

がきわめて小さいのも、高級ホテルの証しである。つまり、ゲストルームが少ない。

私が通された客室のドアには、なぜか“Joseph Lanner”という表札がかかっていた。もしや常連客の専用室なのかと疑ったが、そうではなかった。かつて作曲家ジョセフ・ランナーがこの部屋に宿泊したので、以来彼の名がそのまま室名となった。

ちなみに、カメラマン久保の部屋は詩人の「ハインリヒ・ストレッカー」であり、編集者Tの部屋には「アントン・ロレット」の表札がかかっていた。この人の名は知らぬが、何でも薬草の研究で名高い医学者だそうである。

そういえば前庭の中央に、楽聖ベートーヴェンのいかめしい胸像が建っていた。彼もまた、このホテル・サウアーホフを愛したゲストであった。

時刻はたそがれどきでもあるし、ジョセフ・ランナーになった気分でタキシードに着替える。カジノに出かけるにしても、やはりバーデンの夜の装いはこれであろう。

階下のロビーに下りると、すっかり詩人になったカメラマンと医学者になった編集者が待っていた。

コンシェルジュの説明によれば、このホテルの最も古い部分は、何と十五世紀の建築なのだそうである。その後十九世紀の初めに完全なビーダーマイヤー様式に建てかえられ、今日に至っている。客室と使用人室のほかに、四十四頭の馬を収容する厩と、三十台の馬車が入るガレージがいまだに用意してあるそうだ。

ヨーロッパには偉大なるパトロンが芸術を庇護するという、うるわしい伝統がある。むろんわが国にもそうした文化育成の環境がなかったわけではないが、ヨーロッパのそれはほとんど権力者の義務であった。すなわち、王侯貴族の行くところに常に芸術家が従った。ハプスブルクの避暑地であったバーデンは、そうした権力と文化のありようを実にわかりやすく今に伝えている。

例によって、ヨーロッパの一日は昏れそうでなかなか昏れない。昼と夜の間の、曖昧な薄暮の時間がなぜか長い。

ほとんど車の走らぬ石畳の街路を、カジノめざしてブラブラと歩けば、オープン・エアのレストランやカフェでは上品な酒宴が始まっていた。

どの店からもシンフォニーやコンツェルトが聴こえてくる。この町に似合う音楽はやはり弦の調べで、電気的な楽器の音はまったくそぐわない。

街路樹の影が弧を描いて続くペーブメントの先に、突如として華麗な宮殿が姿を現した。

かのマリア・テレジアの命によって造園されたクア・パークの中にそびえる、CONGRESS CASINO BADEN である。

コングレス・カジノ・バーデン。直訳すれば「カジノバーデン国際会議場」だが、何ともカルチャー・ショックを禁じ得ない命名である。

たしかにこの宮殿の中には、カジノと国際会議場が共存している。遊興を不善とみなし、その代表たるギャンブルを罪悪とする日本人にとっては、「カジノバーデン国際会議場」という名称そのものが、パロディに思える。事実私も、カジノのマネージャーから説明を聞くまで、その名称はシャレにちがいないと思いこんでいた。

国際会議場なるものは社交の場なのだから、酒をくみかわし、音楽や舞踏を楽しむのと同様に、ギャンブルに興ずるのである。そのことのどこに矛盾があるのかと、逆にマネージャーから質問されて、私は答えに窮した。

やはりここの一階にも、アメリカン・スタイルのスロットルームがあった。宮殿の螺旋階段を昇り、荘重な扉を開くと、シャンデリアの輝く純血のヨーロピアン・カジノである。

BADEN BEI WIEN

11

ユーロ万歳！

才能とは何か。

私は元来、神から賜わった天賦の才能なるものを信じない。

人はしばしば才を信じて努力を怠り、また非才を嘆いても努力を怠るからである。すなわち、才能のあるなしにかかわらず、はなからそういうものの存在は信じぬほうが結果はいいに決まっている。

つまるところ才能とは情熱の異名であろう。飽くことなく屈することもなく、情熱を傾け続けて初めて才能は開花する。誰でも「好きなものは得意」なのであり、「好きではないが得意」という特技の持ち主はいない。

しかし、世の中には唯一の例外がある。それは他でもない、バクチである。ことバクチに関してのみ、「才能は情熱の異名」とする私の持論はてんで当たらない。

飽くことなく屈することなく、情熱を傾け続けてもバクチの才能だけは開花しない。「大好きなのに不得意」というのが、ほとんどのギャンブラーの実情であろう。

ということは、努力や経験ではいかんともしがたい天賦の才能がバクチには必要だとも言える。かの芥川龍之介が、賭博者は神的威厳に満ちていると書いたのは、けだし至言というべきである。

過去のギャンブル人生の中で、私も何人かの天才に出会った。毎日のようにバクチに明け

「才能とは情熱の異名であろう。
飽くことなく屈することもなく、情熱を傾け続けて初めて才能は開花する」

暮れてきた私でも、その数は「何人か」でしかない。

そこで、再び「博才《ばくさい》とは何か」という話をする。彼ら天才の共通項を述べることは、本書の読者にとっても興味深いところであろう。

第一に、彼らの性格はおしなべて温和である。

バクチには常に、一局面の失敗で一生を棒に振る危険が潜んでいる。生半可な博才を自負する者は、たいていどこかの局面でこの罠に陥る。この危険を巧みに回避しながらゲームを持続するのが真のバクチ打ちで、すなわち勝ちにうかれ上がったり、負けてカッとするタイプの人間はこれができない。場に臨んで冷静沈着、というより元々の性格が温厚篤実でなければ、長いバクチ人生を乗り切ることは叶わぬのである。

だから勝負の場に臨んで「いかにも」というタイプはたいがいさほどの手練《てだれ》ではなく、「まさか」のタイプが実は脅威であることが多い。カジノのディーラーの面相などにも、これは同様のことが言える。

第二に、経済感覚である。

自称ギャンブラーの多くは銭勘定にうとい。だからこそ働かずにバクチを打つのであろうが、一方本物のギャンブラーはおしなべて金銭感覚にすぐれている。

まことに思いがけない話だが、プロはセコいのである。運にも勘にも優先して、彼らはみな頭の中に算盤を持っている。しかもその算盤は、局面における確率を瞬時に計算すると同時に、自分の懐具合も常に記録している精巧なものである。

生涯を通じて好きなバクチを打ち続けるためには、一発勝負の大勝利や常勝の栄光などは不必要かつあってはならないものであり、小勝ちの貯蓄もしくは三勝二敗の道徳こそが、人生を保証するのである。

そのようなことまで考えているかどうかはともかく、結果的にそうなっている人間は相当にセコい。

第三に、これもたいそう意外なことではあるが、真のギャンブラーは明るい。

明るいバクチ打ちなどというものは、暗い落語家とか気の弱い外科医とかおしゃべりな小説家と同じくらい、存在そのものが気味悪いのだが、私の知る限り彼らはすべてこのタイプである。

勝利を導くためにも、勝負の場を持続させるためにも、明るいノリは必要不可欠なのである。ただし、けっして酒の力は借りない。ということは、先天的な座持ちのよさがある。勝っても憎まれないこうした性格は、特定のメンバーを相手にする場合などには大きな武器となり、実力を隠蔽する衣裳ともなる。

さて、このように書きつらねると、件の天才ギャンブラーなる御仁は、温厚篤実で金銭にまちがいがなく、しかも明朗闊達な「いいやつ」ということになる。むろんバクチ打ちであるからには、俠気と潔さも併せ持っているわけだから、もし鉄火場の外で会えたならかけがえのない友人ということになるのであろう。

しかし残念なことには、自分もバクチ打ちであるかぎり、こうした人物と深い縁《えにし》を結ぶわけにはいかない。

鉄火場という戦場で、本来おのれの人生に求むるべき理想の男とめぐりあいながら、鎧袖《がいしゅう》一触《いっしょく》ですれちがわざるをえないのは、賭博者の宿命である。

ウィーン郊外の温泉保養地バーデンの中心に、デンと構えるカジノ・バーデンは、まさしく究極のリゾート・カジノであった。

あえて「究極の」という理由は、ともかく人が少ない。いかにも選ばれた紳士淑女が夜の装いをこらし、優雅なゲーミングに興じているという雰囲気がある。

なにしろオーストリアという国は、総人口が八百三十万しかないのである。そのくせかつてはハプスブルク家のお膝元として、全ヨーロッパに威勢を誇った国であるから、むやみにプライドが高い。

同じクラシック・カジノでも、モナコにはあからさまな観光目的を感じるのだが、バーデ

▼バーデンの人たちは昔からワインを飲んで温泉に入って遊んでいた。
もちろん賭事も好きであった。

ンにはいかにも、「来たければ来るがいい」というふうな敷居の高さがある。まるでハプスブルクの宮殿に招かれた気がする。

ビーダーマイヤー様式の建物は1886年の建築であるというから、時はまさにフランツ・ヨーゼフI世の治世である。

ただしこのカジノは、時代に即した改修がたびたび施されており、現代のそれは威圧感を覚えぬ程度に快適である。古きよき時代のかぐわしさをそっくり残したまま、現代のゲストに思う存分ゲームを楽しんでもらおうという意図が、まこと巧みに表現されている。

一階のスロットマシン・エリアは午後一時にオープン。こちらはパスポートの提示も不要で服装も自由、いわゆるパチンコ屋感覚でのんびりと楽しめる。しかし南仏のカジノとはちがい、雰囲気はあくまで高貴なるビーダーマイヤーである。

これは土地柄や設備というよりむしろ、客層のちがいであろう。バーデンのゲストの類型を一言で言うなら、「リタイアしたドイツの実業家夫妻」なのである。

服装は自由だと言っているのに、何だか不自由な身なりをしている。スロットのドラムを見つめるまなざしは、オーケストラのスコアか哲学書を読むようである。当たりが出ても眉ひとつ動かさず、低い声で「Ja《ヤー》」などと呟く。

大理石の螺旋階段を昇った二階は、午後三時にオープンするメイン・カジノで、ここはパ

スポートの提示が必要。服装は上着とネクタイが義務づけられている。

劇場のようなキルトの大扉を開けたとたん、私は「おお」と唸り声をあげた。シャンデリアの下に緋色の絨毯が敷きつめられ、ヨーロピアン・スタイルのルーレットテーブルが、ゆったりと配置されている。ゲストの多くは夜会の盛装である。

マネージャーの弁によると、日本からの観光客もたまにはくるのだが、残念なことに大方は服装の用意がないのだそうだ。多くのカジノがアメリカン・スタイルのスロットマシンやテーブルゲームを導入しても、この点はヨーロピアン・カジノがけっして譲らぬ掟である。スーツケースに背広と靴を納めるのはたしかに厄介だが、それがなければヨーロッパのカジノには入場できないということをお忘れなく。ちなみに、気位の高いディーラーに舐められたくなければ、タキシードは相応の効果がある。

このカジノ・ホールではかつてハプスブルク家の夏の舞踏会が催されたという話だが、驚くことに右側の半分はガラス張りに大改装されていた。庭園に面した壁も、満天の星空をたたえた天井もすべてガラスなのである。優雅なメイン・ホールとそのガラス・ルームには何の違和感もない。みごとなリメイクであった。

「ここはアメリカとはちがいます」

と、マネージャーは口癖のように言った。

彼らのいう「アメリカ」とは、おそらく「まがいもの」の意味なのであろう。あるいはカジノの存在意義そのものを、アメリカ的な娯楽とは捉えずに、ヨーロッパ的な社交と考えているのかもしれない。そもそもカジノを持たぬわれわれ日本人にしてみれば、どうでもいいことなのだけれど。

それはともかく、さすらいのギャンブラーにとってヨーロッパの通貨統合はありがたい。この取材旅行はユーロ統合前だったので、円からフランへ、フランからリラへ、リラからフランに戻ってさらにオーストリア・シリングへと、あわただしく両替をし続けねばならなかった。

ここで前述の「金銭感覚」のところを思い起こしていただきたい。バクチ打ちにとって、これにまさるハンディキャップはあるまい。ために私はカジノのキャッシャーで手持ちのフランをシリングに両替してからも、なお数時間の間、ルーレットのテーブル・ギャラリーに甘んずるほかはなかった。

じっとゲームを見つめながら、1シリング＝8円の金銭感覚を体得するまで、手を出すことができなかったのである。

こんな理由でユーロ統合に喝采を送る人間は、世界中にそうはいないと思うが。

BADEN BEI WIEN

12

カジノは国家なり

カジノ・バーデンは入場料こそタダだが、入口で260シリングを支払ってチップを買わねばならない。入場無料と謳いながらセコい感じはするが、これはむしろ立見の観光客を排除することが目的なのであろう。

ただし、260シリングに対して300シリングの「ウェルカム・ジュトン」がもらえる。それでも、かのハプスブルク家につらなる名門カジノであるから、この260シリングを入場料と勘違いして堂々と入ってくるツアー客が跡をたたず、カジノ側の目的が達成されているとは思えなかった。たぶん彼らはそのチップを記念品として持ち帰るのであろう。

このカジノのルーレットテーブルは伝統的なヨーロピアン・スタイルで、観光客がわずかなチップをひょいと置くには、少々敷居が高いのである。

以前に、ルーレットのアメリカン・スタイルとヨーロピアン・スタイルのちがいについてはほんの少し触れたが、一読して矢も楯もたまらずヨーロッパへとすっ飛んで行く読者のために、さらに親切な解説を加えておこう。

はっきり言って、この両者は別物のゲームである。だからラスベガスで鳴らしたオヤジが、身なりだけタキシードに着替えてバーデンのテーブルについても、まったく手も足も出ない。

アメリカのダブル・ゼロに対してヨーロッパのシングル・ゼロ、これはわかりやすい。すなわちハウス・エッジと呼ばれるカジノの取り分は、アメリカンが5・26パーセント、ヨ

ーロピアンが2・7パーセントとなる。この点に関していえば、アメリカン・ルーレットはアコギなバクチである。

そのうえアメリカン・スタイルは、一勝負がほんの二分か三分で手際よく進行するので、長っちりのプレイヤーはほぼ確実に負けることになっている。

ヨーロッパのゲーム進行は苛立つほど悠長である。バーデンのような純血のヨーロピアン・スタイルでは、チップ（ジュトン）の色分けさえないので、プレイヤーは巨大なテーブルの何カ所かに座っているクルーピエにポイントを指定し、張ってもらう。

自分でチップを置くのも勝手だが、なにしろ大勢のプレイヤーが同じ色のチップを持っているのだから、クルーピエに自分の張り目を確認してもらう必要がある。

しかも、定員が六、七人ほどの小さなアメリカン・ルーレットに較べ、ヨーロピアンのテーブルは十数人がゆったりと囲めるほど広い。そのプレイヤーたちがみな同様の手続きをし、クルーピエが顔と張り目を確認しながらゲームを進行するのだから、たとえて言うなら丁半バクチの「なかなか駒が揃わない」ような苛立つ時間の後に、ようやくホイールが回るのである。

そんな次第であるから、プレイヤーの数が増えて場が盛り上がれば、「そのチップは私が張ったのよ」「いや、僕のだ」「何言ってる、ワシのチップだ」、というようなトラブルがし

▲多くの作曲家に愛されたバーデンの地では、
15世紀から伝統あるオペレッタやオペラが上演されていた。

ばしば発生し、高椅子の上から目を光らせているピット・ボスの判定もあやふやになって、ついにはゲームを中断、スカイ・アイズのビデオ再生によるジャッジを待つ、などという事態にも及ぶ。

つまりヨーロピアン・スタイルのルーレットに参加するためには、正義を主張し、不正に対して断固立ち向かうだけの語学力が必要であり、なおかつ悠長な進行にも決して苛立たず、にこやかにシャンペン・グラスを捧げ持っている社交精神を持っていなくてはならない。

こうした点から考えても、スピーディーかつジャスティスにゲームが進行し、バドワイザーをラッパ飲みにしながら「オー・マイ・ガアッ！」を連呼するアメリカン・スタイルとは、まったく別物というほかはないのである。

アメリカン・スタイルはハウスエッジが高く、プレイヤーにとっては不利だけれども、ゲームの最中にストレスを感じない。一方のヨーロピアン・スタイルはギャンブルとしては有利なのだが、イライラする。はたして計算高くてせっかちな日本人には、どちらが向いているのであろうか。

そこで、まことに日本人向きの、第三のスタイルを紹介しておく。

アメリカンとヨーロピアンの中間的性格ともいえる。ブリティッシュ・スタイルである。

ロンドンのカジノでは、アメリカンの小さなテーブルにシングル・ゼロの文字盤《タブロー》を多く採用している。もちろんディーラーは一人で、プレイヤーはトラブルの起こりようがないカラー・チップを使用する。つまり、スピーディー、でジャスティスであると同時に、ハウス・エッジが2・7パーセントというすぐれものである。

しかし、最近は世界中のどこのカジノにも一台か二台は設置されているこのすぐれものは、どういうわけかあまり人気がない。個性に欠けるというか、味気ないというか、どっちつかずの猥褻感があるというか、はっきりとした原因はよくわからんが私もあまり好きではない。たぶん夜ごとテーブルを囲むギャンブラーたちは、同じ印象を持っているであろう。

アメリカでもなくヨーロッパでもなく、そのくせ妙に独善的なイギリスという国そのもののイメージが、ギャンブラーたちには本質的に受け入れられないのである。

このように考えると、カジノというものは国家の雛型だという気もする。

日本にはカジノがなく、パチンコという固有のゲームがその代行をしている。世界水準のギャンブルに比べればローリスク、ローリターンで、誰でも気軽に参加できる街角のパチンコ屋は、このうえなく日本的である。資本主義国家でありながら、その実はきわめて社会主義的な日本の正体を、パチンコは表現しているのではあるまいか。

私も若い時分にはさんざんハマった口ではあるが、そのころジッと台に向き合いながら考えたものである。

ハンドルを握ったまま何ら技術を要するでもなく、勝っても負けてもタカが知れているゲームに、大の大人がズラリと仏頂面を並べているさまは、生産手段の社会的所有と計画原理に基づく分配、すなわち社会主義そのものではないか、と。

半世紀にわたって進行し続け、国内において繁栄を続けるこの一大産業が、なぜか海外に輸出されぬ理由はこれであろう。

パチンコは娯楽である以前に、日本そのものなのである。

タキシードでバリッと決めて、おごそかにルーレットテーブルについたはよいものの、むごたらしい大敗。

この負けを一気に取り戻すのはジャック・ポットのほかにはないという、さらなる大敗のパターンを忠実に踏んで、カジノの奥に拡がるマシンの森へ。

タキシードを着てスロットマシンに座る姿は醜い。「ルーレットの負けを何とか埋めようとしています」と言っているようなものである。むろん、そういう身なりのプレイヤーは私ひとりであった。

コインの入ったバケツを持ってマシンを物色していると、魔女のようなドイツ人の老婆にトイレのありかを訊ねられた。つまりそういう身なりでウロウロしていた私は、あろうこと

このように考えると、カジノというものは国家の雛型だという気もする。

カジノ・バーデンにて。 2 階にテーブルゲームのフロア。
3 階のフロアでは、舞踏会も開かれる。

▲ベートーヴェンはバーデンの地で第九交響曲とミサソレムニスを完成させた。

かカジノの従業員とまちがえられたのであった。

ドイツ語の道案内などできるはずはないので、とりあえずニッコリと笑い返し、老婆の手を引いてトイレへと向かう。

結局、事実説明もできぬまま老婆から手渡された10シリングが、その夜の私の全財産になってしまった。

あくる日は気分を一新して朝っぱらから温泉につかり、グランド・ホテル・サウアーホフの庭でくつろぐ。

豊かな芝生に小鳥やリスが遊び、マロニエの大樹が涼やかな影をおとす。

たぶんベートーヴェンも、こうしてこの庭で楽想を練ったのだろうと思いつつ、私は昨夜の大敗を挽回する想を練った。

オーストリアの人口は、わずか八百三十万人である。

かつてヨーロッパの盟主であったハプスブルク家は1918年に崩壊し、それぞれの民族が帝国から独立した。フランスのクレマンソー首相は言った。「オーストリア《ロートリッシュ》は残り物で《セ・ス・キ・》ある《レスト》」、と。

二つの世界大戦の敗戦国となり、わずか百年たらずの間にありとあらゆる試練を受けてきたこの国に、まるで何ごともなかったかのように息づくハプスブルクの文化に触れれば、クレマンソーの言葉が詭弁であったことに疑いようはあるまい。

悲惨な歴史ばかりでなく、八つの国と国境を接しているこの国に、かくも侵しがたい文化が存在するのは奇跡であろう。

オーストリアにはアイデンティティがないといわれ、その国民性は悲観的かつ懐疑的であると評されるが、それらはすべてこの偉大な文化を維持するための、正当な対価なのだという気もする。

近代史においてよく似た国家的経験をした日本とは好対照である。われわれはけっして悲観的ではなく懐疑的ではなかったが、悪くいうなら悲観もせず懐疑もせずに、ただただ国家のアイデンティティのみを喪失した。

再び問う。

世界最高水準の労働時間を課せられた私たち日本人オヤジが、つかのま職場を離れ、家族の縛《いまし》めから放たれて野に遊ぶことは、はたして罪悪であろうか。

勤勉も勤労もむろんわれらが誇るべき美徳ではあるが、その対価として享受した幸福をまったく確認せずに過ごす人生はあまりにも虚しい。

またオヤジばかりではなく、近ごろではさらに苛酷な人生が日本人女性のほとんどに課せられている。彼女らは男性同様の勤勉と勤労をしいられた上に、古来変わらぬ出産や子育ての義務や家事労働までをこなさねばならない。

幸福な人生とは、つまるところ死の床に臨んで悔悟せぬ人生のことであろう。

SEEFELD

13

登山電車に揺られて

このところ年に二回か三回のペースでヨーロッパに渡っているが、カジノだけが目的の旅は今回が初めてである。当たり前だけれど。

実は小説家なのである。ヨーロッパを舞台にした物語もいくつか書いているので、そのつど取材旅行に出かける。また、小説家は文化人なので、各地での講演が目的の場合もある。とかくも非文化的な私が、職業上の分類で文化人とみなされるのである。さらに、小説家は芸術家なので、ときにはオペラやコンサートに行き、美術館をめぐる。

しかしそうした「小説家の旅」のさなか、私はしばしば同行者の目を盗んで失踪し、カジノへと向かう。意外なことに仕事に関してはたいそう誠実だから、まさか「カジノに行きたい」などとは言い出せず、コソコソと遊びに出るのである。

そうしたみじめなカジノ体験をくり返している私にとって、カジノそのものが仕事というこの旅は、まさしくパラダイス・ツアーであった。いちおう文化人としての体面上、もしくは私の小説を待ちわびている読者や、他社の文芸編集者たちの手前、「むりじいされてシブシブ出かける」というポーズはとっているが、内心はものすごく嬉しい。

あまりにも楽しいので、バーデン滞在をおえて帰り仕度をする同行者たちをそそのかし、もう一軒つき合え、ということになった。ハシゴ酒ならぬハシゴカジノである。

子供の時分にはガキ大将ではなかったが、常にいたずらを指嗾《しそう》するタイプであった。

オーストリアにはバーデンのほかにも、たくさんのカジノがある。ウィーン、リンツ、ザルツブルク、キッツビュール、ブレゲンツ——要するに大きな都市や有名な観光地にはたいていカジノがあると思っていい。

どうせもう一軒回るのなら、アルプスの山懐に抱かれた景勝の地はどうだなどと、なかば冗談で言ってみたところ、そんなカジノが本当にあったのである。

チロル州のゼーフェルト。噂によると、何でもそこはヨーデルの聞こえてきそうなアルプスの谷間、涙の出るほど美しい村であるらしい。

かくて私は、国際携帯電話で緊急事態発生の報告をする編集者Tと、すでにバーデンのカジノでキレているカメラマン久保の両手を引いて、ウィーン空港へと向かったのであった。

ウィーンからインスブルックまでは、チロリアン航空の小型旅客機で一時間十五分。ゼーフェルトなる村はそこからさらに鉄道で四十分ほど行った山間にあるらしい。

雪を頂いたアルプスの絶景を眼下に望みながら、カジノ・バーデンのマネージャーとの対話を私はふと思い出した。

「ルーレットのディーラーは、狙った数字にボールを落とすことができるのですか？」

まことに素朴な質問である。カジノ愛好家の間では昔からくり返されてきているこの謎を、

▲小さなプロペラ機に乗ってインスブルックの空港に降り立つ。

折あらば関係者に訊いてみたかった。

プロに手の内を訊くのは勇気が要る。ましてやカジノのマネージャーは多くの場合、ディーラーからの叩き上げである。

はたして謹厳な風貌のマネージャーは、日本人観光客を誘致する目的で対面した私の口から、いきなりそんな質問をされてとまどうふうをした。

「そのように考えていらっしゃるゲストの方は多いと思いますが――」

と、マネージャーは手近のテーブルに私たちを導いて、ルーレットのホイールを軽く回した。シリンダーを操る手付きはたしかにプロを感じさせる。

「ディーラーはシリンダーを回し、その回転方向とは逆にボールを投げこみます。しかも、ホイールの内側には十四個の障害物があります」

象牙のボールを投げこむ。十四個の金属製の突起はバラバラの角度で配置されている。やがて勢いを失ったボールは、その突起物の上をはね回りながら、コトンと数字の上に落ちた。

「いかに熟練したディーラーでも、この不規則な障害物がある限り、思った場所にボールを落とすことなどできるはずはありません」

マネージャーはそう言ってニッコリと笑い、私はウームと考えた。話しながらマネージャーの投げたボールは、「0」に落ちていたのである。

「これは？」
「もちろん、偶然です」
その先の質問から身をかわすように、マネージャーは去ってしまった。

小型旅客機は次第に高度を下げ、谷間を舐めるようにしてインスブルックをめざす。ふしぎな景観である。右側に望む山々の北斜面は真白に雪を冠っているのに、左側の南に向いた山肌は緑の牧草に被われている。かたや冬、こなた夏、という奇怪な谷間を飛ぶうちに、やおら百八十度の方向転回。窓の外の冬と夏が入れ替わる。ビルの谷間に着陸する旧香港空港も怖かったけれど、アルプスの谷間に舞い降りるこの飛行場もかなりスリリングである。

インスブルックは中世の面影を色濃く残す観光都市だが、われわれの目的は観光ではない。カジノをめぐる旅とは、すなわちカジノ以外のすべての観光を無視する旅なのである。何という贅沢であろう。マクシミリアン皇帝の宮殿も十五世紀の旧市街も、たぶん一生見る機会はないだろうと思いつつ山岳鉄道に乗る。

相変わらず夏だか冬だかよくわからんパノラマの中を、素朴な鉄道はひた走る。

ヨーロッパの鉄道は不親切である。というよりわが国のＪＲがものすごく親切なのであろう。世界中どこへ行っても、日本のように正確なダイヤで運行する鉄道はない。むろん次の駅名を告げる車内放送もないから、駅に着くたびに看板を探して兢々としなければならないのである。しかもおそるべきことに、駅名がてんで判読できない。会話はともかくとしても、書いてある字が読めんというのは旅行者にとって脅威である。

観光案内によれば、インスブルックからゼーフェルトまでは四十分とあるが、ヨーロッパの鉄道ダイヤでいう四十分は、三十分以上一時間以内という意味である。その間に判読不能の駅がいくつもある。ちなみに、私は職業上日本語にのみ習熟しており、編集者Tは英語にのみ堪能であり、カメラマン久保は関西弁のエキスパートであった。

こういう三人のオヤジの頭の中の「ゼーフェルト」は、どうしたって“Zeafelt”なのである。ところがドイツ語の正解は、似ても似つかぬ“Seefeld”なのであった。

「ええと……シーフェルド。ちがうな」

山あいの小駅でそう呟いたとたん、オヤジたちはイヤな予感がして一瞬見つめ合い、議論する間もなくイチかバチかで列車から飛び降りた。

ゼーフェルトは噂にたがわぬ、美しい谷間の村であった。まさに箱庭である。駅舎を出たとたん、これはテーマパークではないかと目を疑うほどの風景が拡がる。

バスも車もない。小さな村の交通機関は、馬車と電気自動車である。従って空気は天上のごとく澄み渡っている。何だか目が良くなったような気がして、三人の日本人オヤジはメガネをはずした。

石畳のプロムナードの両側には、瀟洒なリゾートホテルが建ち並んでいる。五階か六階の高さに大屋根を頂き、バルコニーにゼラニウムやポインセチアの花をいっぱいに咲かせた、チロル風のホテルである。

ころはサマーシーズンたけなわというのに観光客はさほど多くない。むしろ人が集まるのはスキーの季節で、ことに町じゅうにイルミネーションが施されるクリスマスの夜景は、この世のものとは思えぬほどロマンチックだそうだ。もっとも、夏の陽ざかりでさえこれほどラヴリィな町なのだからさもありなんと想像はつくのだが、信仰とはもっぱら関係なくクリスマス・イブにはさまざまの義務を果たさねばならぬわれわれは、たぶん一生その風景を拝むことはできまい。

「ところで……」と、私はおそるおそる訊ねた。旅の目的はカジノ行脚である。馬車と電気自動車しか走っていないこの健全な町に、カジノがあるなどとはどうしても思えなかった。

「オーストリア政府観光局の話によれば、ゼーフェルトにもカジノはある、と……」

編集者Tは気弱な声で答えた。

▼ようやく見つけたゼーフェルトのカジノ。街の風景と一体化している。

「日本語で話しただろうな」

「いえ……英語で」

かねてより彼の語学力に不審の念を抱いている私は、目の前が真っ暗になった。ウィーンから長駆インスブルックへと飛び、登山電車に揺られてやってきたのである。

「俺のカンでは、たぶん何らかの誤解があったと思う」

「……私も実はその懸念を」

「万が一、懸念が現実であったら」と、私は遥か雲上に真夏の雪を頂くアルプスの峰を指さした。「ケーブルカーを乗り継いで、あのてっぺんのケルンに君をすっ裸にして磔《はりつけ》にするが、いいか」

そのとき、カメラマン久保が素頓狂な関西弁で叫んだ。

「うわっ、カジノや。カジノがあるやんけ」

果報である。まことに信じ難いことだがプロムナードの少し先に、紛れもない"Casino"の看板がかかっていた。

歓喜する前に私は考えた。不善なるものを徹底的に排除したこの町にカジノが存在するということは、少くともそれがガソリンエンジンよりも善なるものであると、チロルの人々は認識していることになる。

快楽の追求すなわち不善であるという封建時代の呪縛から、われわれは放たれねばならない。

SEEFELD

14

タイム・イズ・ライフ

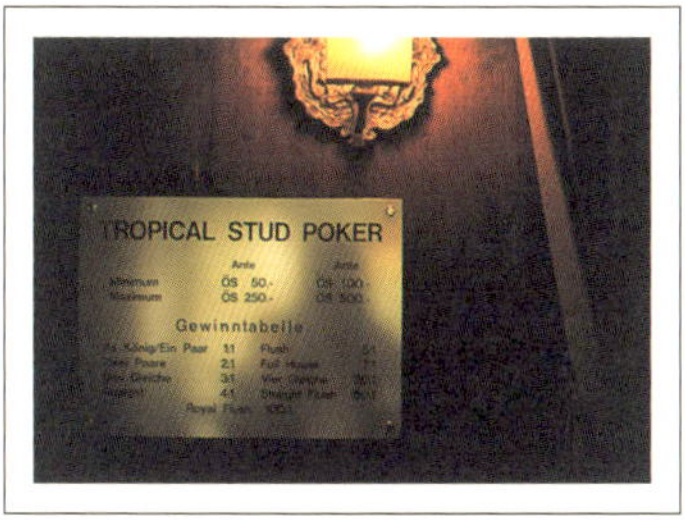

ゼーフェルトの町の中心に建つクロスターブロイホテルは、創業二百年の老舗である。五百年前のマクシミリアン皇帝の時代にアウグスティーナ派の修道院として建てられたものを、現社長の先祖が買い取ってホテルに改造した。以来、リゾートホテル一筋に六代を算《かぞ》える。ヨーロッパのクラシック・ホテルで、五百年前の建築や二百年にわたる伝統は珍しくないが、ワン・オーナーで経営を継いできたものを私はほかに知らない。

クロスターブロイに限らず、ゼーフェルトのホテルのほとんどは家族経営である。したがって規模の大小にかかわらず雰囲気は温かく、ホスピタリティについては申し分なく、しかも個性に富んでいる。

その昔、修道士たちが黒い裳裾を曳いてしめやかに昇ったにちがいないエントランスの大階段の上は、古い柱と梁に支えられたホールだった。調度類はどれも歴史の艶に照り輝いている。目に触れる椅子やテーブルや、食器やグラスのひとつひとつがホテルのひんやりとした空気に調和しているのは、すべてがこのクロスターブロイとともに長い年月を生きてきたからなのだろう。

「営業期間は冬の十二月から三月、夏の六月から九月の間だけです。四月と五月、十月と十一月はクローズして、その間に適切な改築をします。ホテルの歴史をそこなわず、ゲストにいっそう快適な時間を提供するために」

六代目の経営者であるアロイス氏は、タペストリーと絨毯にくるまれた広い廊下を歩きながら、流暢な英語で言った。私と同じ齢頃であろうか、いかにもハプスブルク時代以来の名家の当主といった趣きがある。

「この廊下は幅が広くて、夜は怖くて歩けないとおっしゃる方もいるのですが、なにしろ修道院ですから。ゲストルームもかつては修道士たちの居室です」

その居室も百を算えるという。私が通された部屋はアッパーフロアのスイートで、昔は司教が泊まる特別室だったそうだ。

しかし、居心地は良い。まさしくホテルの歴史をそこなわぬまま、快適な時間を過ごすことのできる部屋である。バス・トイレは最新の設備であるのに、内装は五百年の貫禄を備え、広いバルコニーからは間近にアルプスの峰を仰ぎ見ることができる。

「長く滞在なさってもゲストが退屈することのないよう、さまざまのリラクゼーションが整っています。屋内プール、スパ、エステティック、マッサージ、六つのレストラン、地下には五百年間続くワインセラーも」

そのうえ夏はアルプスのトレッキング、冬ならスキーやクロスカントリーといった娯楽のメインコースがあるのだから、退屈するどころかカジノに通う余裕はあるまい、という気もする。ちなみに町の周囲をめぐる２０００メートル級の峰には二十六本のリフトがかかって

「タイム・イズ・マネーもけっこうですが、
タイム・イズ・ライフということも
お忘れなく」

CASINO
HOTEL
CASINO
ALTE STUBE
CASI

おり、ゲレンデからホテルの玄関にまで滑りこむことができる。しかしその規模でもこのあたりでは「一応、アルペンスキーもできます」とアロイス氏が言葉少なに言う程度のもので、いやはや本場はやはりちがう。むしろゼーフェルトの売りはクロスカントリーコースで、こちらは冬季オリンピックや世界選手権の会場になったほどだから、たしかに誇るべきものであろう。むろんサマーシーズンはリフトやロープウェーを駆使して、縦横無尽のアルプス・トレッキングが楽しめる。

「日本人のゲストはお忙しいですね。一泊や二泊の滞在では、ゼーフェルトにいらしたことにはならないと思うのですが」

答えに窮する。私の滞在予定も二泊なのである。自由気儘な個人旅行に出かけるようになっても、ツアー根性の抜けぬ日本人はみな忙しい日程を自ら組んでしまう。いくらヒマがあろうと、生れついて時間に強迫されているのである。

ゼーフェルトはオーストリアの西端に位置し、ドイツ国境まで十五分、北イタリアまでも一時間以内なので、「立ち寄り体験」の日本人観光客が多いらしい。荷物も解かず、アルプスの空気だけを吸ってそそくさと通過して行く。

「私も時間がなくて」と、苦しい言い訳をする。

「小説家でも？」

「ええ。小説家でも」

アロイス氏はバルコニーのアルプスに目を向けて溜息をつく。

「日本もヨーロッパも、一日の長さは同じ二十四時間なのですが」

「ホワット？　意味がよくわかりません」

「どうしてそんなに忙しいのかな。むしろ日本人の一生は世界一長いはずなのに。タイム・イズ・マネーということでしょうか」

「ええと……そういうわけでもないんだけど。いや、そういうことになるか」

「タイム・イズ・マネーもけっこうですが、タイム・イズ・ライフということもお忘れなく」

説教にも啓示にも聞こえる。われわれは真理をないがしろにしているのだろう。にっこりと笑って立ち去るアロイス氏の後ろ姿が、修道士に見えた。


ゼーフェルトのカジノは、まことにフレンドリィである。

世界中の四十のカジノと、十二の船上カジノを所有するカジノ・オーストリアの経営だが、お土地柄のせいかビジネスの臭いが少しも感じられない。チロリアン・スタイルの赤いベストを着たディーラーたちはみな陽気だ。

花いっぱいのプロムナードから店内に入ると、ほの暗い山小屋の雰囲気である。内装は古い丸太と漆喰で、童話の世界に迷いこんだような気分になる。むろん面倒なドレス・コードもない。

キャッシャーで円を両替しようとすると、係員は何やら分厚い辞書のようなものを開いて、ためつすがめつ紙幣の照合をした。それくらい日本円になじみがないのである。どうやらゼーフェルトを物見遊山で通過する日本人観光客は、カジノに足を踏み入れることがないらしい。

「どうすれば日本人をカジノに呼ぶことができますか」

と、支配人は手帳を片手に真顔で訊ねる。ゲルマンは真面目である。

「なにしろ忙しいので」と、再び苦しい言い訳をする。

「トゥー・ビズィーなら、なおさらゆっくりと遊ばなければならないでしょう」

「ええと……つまり、遊ぶヒマもないくらいビズィー」

こうなると、しゃべればしゃべるほど国家の体面を穢しているような気になる。遊ぶ間もないほど働く日本人は、尊敬されるどころか気の毒に思われるにちがいない。

カジノ・オーストリアのスーパー・キャリアである支配人は、しばしば世界のカジノ事情を視察して回るという。昨年も日本に滞在し、「大盛況のカジノにびっくりした」と、こっちがびっくりするようなことを言った。

▼▲ 7 、 8 月ゼーフェルトの街は花で彩られる。
皆、競ってバルコニーやベランダにたくさんの花を飾る。

さてはアングラ・カジノを視察したのかと思ったが、そうではなかった。彼が興味深く見たものは「ベリー・ホットでベリー・エキサイティングなジャパニーズ・カジノ」すなわちパチンコであった。

実はこの手の話をカジノの当事者から聞くのは初めてではない。ラスベガスでもアトランティックシティでも、私が「日本にはカジノがない」と言うと、「そんなはずはない」と反論された。つまり外国人はみな、パチンコを日本固有のカジノと認識しているのである。

ひとたび議論になると、彼らのこの認識を否定するのはきわめて難しい。たしかにパチンコは、その外見もシステムも、客観的にはまぎれもない「日本固有のカジノ」なのである。これをカジノではないと主張するのは、自衛隊を軍隊ではないと言い張るのとよく似ている。法的に言えばそうではないのだが、客観的にはどう見てもそうなのである。この主張をするためには、目の前の虎を称して猫だと言い張るぐらいの度胸が必要となる。

「ええと、何だ……既成事実だから仕方ない。ともかくパチンコはカジノではありません」

言いながら唇が寒くなった。「既成事実《faits accomplis》」という単語をなぜ私が知っているのかというと、日本という国を説明するうえにおいて不可欠だからである。ちっとも合理的な説明にはならぬのだが、そうとでも言うほかはないものがわが国には多すぎる。「既成事実だから仕方ない。ともかく自衛隊は軍隊ではありません」というわけである。

半世紀前にパチンコという庶民の娯楽が登場したとき、それが将来わが国におけるカジノ建設の最大障害物になるなどとは、誰が想像したであろうか。今やどう考えても、パチンコ産業をさし置いてカジノを造るということは、現在の形のままの自衛隊に加えて新軍隊を創建するようなものであろう。

つまり、わが国に世界水準のカジノを建設する地理的条件は、利用者の需要性と既存産業の保護という二つの点において、「パチンコ屋のないところ」という制約がつくのである。これは難しい。少くとも自衛隊の駐屯地のない場所を探すよりずっと難しい。

それにしても「既成事実」というのは便利な言葉で、多くの場合「慣習」というふうに受け取られるから、その先の議論を封じてしまう。要するにわれわれ日本人は「既成事実」を「国家的慣習」と錯誤して歴史を造り続けているのである。そう考えれば、目先の幸福に阿《おもね》って既成事実を積み上げてきた明治以降の近代日本よりも、貧しいながら理路整然としていた封建鎖国時代のほうが、よほど誠実な国家であったろうという気もする。

山小屋ふうカジノのテーブルは大盛況で、巨大なゲルマンの人垣のうしろからは手を差し入れるすきまもなかった。不本意ながらマシンの森へと向かう。

SEEFELD

15

アルプスのサムライ

ゼーフェルトのマシン・エリアは、メインフロアから階段を昇った中二階である。

何しろ山小屋の中であるから狭くて暗い。しかしその圧迫感がまたいい。古き良き時代の場末のパチンコ屋を髣髴《ほうふつ》させ、集中力もいや増す。

よもやこんなアルプスの山間にまで、スロットマシンとポーカーゲームが運びこまれているとは思わなかった。アメリカナイズされていないカジノは、今やイギリスだけと言ってもいいようである。

敬虔なカソリックの国であるオーストリアには、ギャンブルを罪悪とみなす風潮が今も根強いという。三十五年前にこのゼーフェルトにカジノを造ったときも、教会を中心とした反対勢力と激しく対立したそうである。

ヨーロッパの地域社会における教会の権威は、わが国の神社仏閣の比ではない。つまりカソリックという壮大な既成事実の否定から、ヨーロッパのカジノは出発しなければならなかった。もし日本にもカジノを建設する日がくるとしたら、彼らがいかにしてこの既成事実を打破したかという経緯を、詳細に研究する必要があるのではなかろうか。

などと、ドラムを回しながら考えているうちに、階下のレストランから食事のお呼びがかかった。ホストはゼーフェルトの観光局長とカジノの支配人である。ただし日本流の接待ではないことは、テーブルについてすぐにわかった。

▲アルプスの山間のゼーフェルトにまでスロットやポーカーゲームが運びこまれているとは。

いかにして日本人観光客をゼーフェルトに誘致するか、という議題の会食である。食事の間も二人はメモを手放さない。いささか堅苦しいが、私はこうしたゲルマンの生真面目さが好きである。

日本国内の観光地でもしばしばこうした宴席に招かれることはあるが、たいていの場合は純然たる日本流接待で、酒を飲まぬ私にしてみれば何ら意味を見出せない。議論だの意見の交換だのというものは不粋とみなされ、ひたすら饗応に終始する。そうした理由なき宴会は日本の陋習《ろうしゅう》であろうと、私はつねづね思っている。

接待ならばこちらもいろいろと気を遣わねばならない。しかし、これは食事付きの会議だと思えば、本音を口にするのが礼儀というものであろう。

「オーストリアは、食事がまずいですね」

と、のっけから身も蓋もない意見をする。ドイツ語通訳の苦しげな声を、二人は生真面目に受け止める。

「そうでしょうか。国内ではかなりハイレベルだと自負しているのですが」

と、観光局長は首をかしげる。

「いいえ、レベルの問題ではなく――」

そう、レベルがどうのではないのだ。チロル地方の名物といえば牛モツの煮込み料理なのだが、ヘビーで塩からくて、とうてい日本人の味覚に堪える代物ではない。おまけにパスタとは全く趣きを異にする小麦粉のオダンゴが付く。これがまた素適に味気なく、重い。寒冷地であるから野菜や果物も少く、魚といえばサケとマスしかない。

まずいと言ってしまえば語弊もあるが、ともかく味覚の基準がちがいすぎるのである。たとえば、このときメイン・ディッシュに供された「ウィーン風カツレツ」がいい例なのだが、ビーフ・カツレツにごってりとジャムが付いてくる。ソースではなく、ものすごく甘いフルーツジャムである。

はっきり言って、これはまずい。オーストリア人はどうか知らぬが、日本人は百人が食べて百人がまずいというはずである。

かつてはわが国にも、梅干に砂糖をつけて食べるという習慣があった。地方によっては納豆に砂糖をまぜるところもあるらしい。要するにその種のミスマッチのスーパー・バージョンである。

「やはりスシとかサシミとかを用意しなければ、日本人の長期滞在は無理でしょうか」

私の顔色を窺いながら、観光局長は真顔で訊ねた。

「いえ、その必要はありません。カツレツにはドミグラス・ソースを。オダンゴはチーズを入れずに、シンプルなパスタ風に仕立てれば。それと、デザートが甘すぎます」

▼▲ 山麓駅から小さなロープウェーに揺られて山頂へ。

二人は詳細なメモを取っていたが、考えてみれば食は文化なのだから、あえて観光客の舌に合わせる必要はなかろうという気もした。うまいものを食べるのは旅の楽しみだが、まずいものを食べてカルチャー・ショックにおののくのも、また一興である。

ともあれ、ジャム付きカツレツを例外とすれば、ゼーフェルトは比類なきパラダイスである。愛する人と生涯の記憶を刻む地をひとつだけ選べといわれたら、私はおそらく迷わずに、このチロルの美しい村の名をあげるだろう。

あくる朝、ロープウェーを乗り継いで標高２０６４メートルのゼーフェルダーヨッホに登った。読んで字のごとく「ゼーフェルト山」である。

私はこのカジノ行脚に先立って、「バクチ以外の観光は不純なるものとして一切これを排除する」という誓いをたてた。この誓いは固く守ってきたのだけれど、チロルに行ってアルプスに登らぬというのは、いかにせん帰国してから家族に笑われると思い、最も手近の「ゼーフェルト山」に登ることにしたのである。

山麓駅は町なかからぶらぶら歩いて行ける距離だが、徹夜明けということもあって馬車に揺られて向かうことにした。

外国のロープウェーは速い。たぶん当局の定める安全基準がちがうのだろう。車でもエスカレーターでもロープウェーでも、ともかく乗り物はみんな速い。

発車まぎわに八十は過ぎているであろうドイツ紳士が、孫らしき青年に手を引かれて乗りこんできた。席を譲ると、私の顔をじっと見つめて握手を求めた。実にしみじみとした口調で、孫に何やら語りかける。同行の通訳がフムフムと肯く。

「日本人はえらいと言ってます。イギリス人は女性に席を譲るが、日本人は年寄りを思いやる、と」

どうやらドイツ人が日本びいきであるという説は本当らしい。

「遠いところからはるばるやってきて、よほど疲れているのはあの人の顔色を見ればわかる、と言っています。ああ、おかしい」

「たしかに疲れている。ヒゲぐらい剃ってくりゃよかった」

「あれが日本のサムライだと言ってますけど。いちおう言い訳とかしますか」

「余計なことは言うな」

「日本はドイツが降伏したあとも、世界を相手に戦ったのだとお孫さんに言っています。やっぱり言い訳をしたほうがよくはないですか」

「黙れ。俺はきのう、おまえらが降伏したあとも、朝まで戦っていたんだ」

「そのまま通訳しましょう。きっとウケます」

私は通訳の首を絞め、足元に行き過ぎるアルプスの景色を眺めた。言葉もわからず、食べ物も合わぬのになぜか居心地よく感ずるのは、ドイツ人やオーストリア人がわれわれに好意を抱いてくれているからなのだろう。かつてともに戦ったという歴史はともかくとして、思慮深い性格の彼らは日本人の内なる知性を愛している。

ロープウェーは中間駅で二つの路線に分れる。それぞれの山頂から、冬はダウンヒル、夏はお花畑の中のトレッキング・コースが麓まで続いている。

ドイツ人の老人と孫は、私たちにもういちど握手を求めて南の峰に向かった。何となく、人を欺したような気分である。日本人の観光客にことさら武士道を見出そうとする老人は、おそらくわれわれの変容を信じたくはないのだろう。高潔な知性の喪失を嘆いているのは、かつて誇り高きサムライを友とした彼らだけなのかもしれない。

さらなる急勾配のロープウェーに乗り換えて、ゼーフェルダーヨッホに向かう。

３０００メートル級の峰々に囲まれた山頂は、さながらアルプスの展望台であった。と見る間に、谷から霧が湧き上がってきて、あたりは真白な雲海に呑みこまれてしまった。

カソリックの国の山頂には、必ず十字架がある。その根元に大あぐらをかいて、しばしの休息。山上の仙気を吸いこむと、心地よい睡気が襲ってきた。

「眠ったら死んじゃいますよ。そろそろ下山しましょう」

黙れ。俺はきのう、
おまえらが降伏したあとも、
朝まで戦っていたんだ。

ガイドが肩を揺する。世界カジノ旅行の果てに、アルプスの山頂で頓死。理想の人生である。少くとも、原稿用紙に俯してくたばるよりずっといい。

「編集者Tとカメラマン久保はどこにいる。遺言を」

「ええと、Tさんは高所恐怖症なので、ロープウェーの駅に隠れています。久保さんはそこいらで写真を」

「ふうん。対人恐怖症かと思っていたら、高所恐怖症もあったのか。この雲の中で写真を撮るとは、天才かアホのどっちかだな」

まだくたばるわけにはいかぬ、と私は顔を起こした。アルプスの仇はいずれどこかで討つのである。腹はいつでも切れる。しかし戦は命ある限り続く。

十字架にすがって立ち上がったとき、あの老人の言ったことも存外誤解ではないかもしれぬと私は思った。

LONDON

16

伝統と格式の鉄火場

三月中旬の冷たい雨の降る日、ヒースロー空港に降り立った。

どういうわけか、私がロンドンに到着する日はいつも雨である。長く滞在していても、からりと晴れたロンドンは記憶にない。いくら「霧のロンドン」といっても陽の射さぬはずはないのだから、おそらく私がイメージの中で、ロンドンの風景を定めてしまっているのであろう。もしかしたら子供のころに親しんだシャーロック・ホームズの世界が、五十になった今も私の心を包みこんでいるのかもしれない。

パリには青空がよく似合うが、やはりロンドンには暗鬱な糠雨がふさわしい。主として白い石材を用いたパリの街は、雨に濡れるといかにもしおたれてしまう。しかし建物も道路も黒い煤にまみれたロンドンは、むしろ濡れ羽色に艶を増す。この暗さ重さを鬱陶しく思うか、あるいは落ちついた居心地のよさを感ずるかは人それぞれであろうが、要するに漱石は前者の典型だったのであろう。

私はロンドンが嫌いではない。永住したいと思うほど好きな街ではないが、パリやニューヨークよりも人間の温もりを感じる。パリジャンの気位の高さと、ニューヨーカーのパワーにはなじめぬ日本人にとって、ロンドンの人々の性格は総じて親しみやすい。

やたらと儀礼的で固苦しいと感ずるのは、実はロンドンの表面的な印象である。イギリス人はドイツ人のように本質的な厳《いかめ》しさがあるわけではない。勿体をつけるのが好きなだけで

1
2
1
10
1
SAPHIR
AMETHYST
SAPHIR
OPAL
SAPHIR

ある。そのあたりの国民性を読み切ってしまえば、ロンドンほど気楽な街はない。

たとえばこんな経験がある。

数年前にウェストミンスターホールで講演をする機会があった。大聖堂の隣にある、かつてウィンストン・チャーチルが名演説をし、近ごろはクィーン・マザー皇太后の棺も安置された、格調高いホールである。

場所が場所であるから、私の講演もいつになく真面目な文化論に終始し、やがてバンケット・ルームでのパーティへと人々は居流れた。長い講演の後は、酒や食事よりもともかくタバコを一服つけたい。しかし日本でいうなら、国宝か重要文化財に相当する建物の中である。当然、バンケット・ルームの壁面には、あちこちに「禁煙」のプラカードが掲げられていた。それも時代がかった木札である。

ところが乾杯をおえたとたんに、テールコートを着た執事が壁面をめぐり歩いて、その木札をパタパタと裏返したのである。それを合図に参会者たちは、いっせいにタバコを喫い始めた。啞然とする私に一服を勧めながら、主催者が言った。

「つまり、こういうお国柄なのです。どうぞご遠慮なく」

禁煙と表示されている場所では、その掟をたがえてはならないのだが、その表示だけを取り払ってしまえばかまわない、というわけである。柔軟というべきか、いいかげんというべきか、一見厳格に見えながらその実はきわめて形式主義で、万事においてさほど固苦しく考える必要はない。

さらには、日本人旅行客が頭を悩ませるレディー・ファーストの習慣。男性は常に女性を労《いたわ》り、かつ服《まつろ》い、車でもエレベーターでもドアを開けてエスコートし、階段の昇りは後から、下りは先に立って歩かねばならない。

ところが、この習慣もしばらく滞在して彼らを観察していると、その正体が見えてくる。亭主も女房も、たいそう勝手に生きているのである。女どもはアフタヌーン・ティーを飲みながら長々と亭主の愚痴をこぼし合い、男どもは女人禁制のクラブの会員となって、女房の悪口を言い合う。アメリカのように夫婦の同一化現象などてんからなく、おそらくは世界で最も接触の少ない夫婦関係を保っている。だからこそ、たまに夫婦そろって出かけたときは、これ見よがしのレディー・ファーストとなる。いわゆる騎士道などとはまったく関係なく、勝手に生きていることのエクスキューズとして、夫は妻を労りかつ服うポーズをとり、妻も当然のごとくそれを受け入れる。夫婦間の暗黙の契約、もしくは夫婦の世間に対するアピールが、ひとつの習慣となって定着したのであろう。

ちなみに、これは私観ではなく、れっきとしたさるジョンブルの論である。

メイフェアの名門ホテル「コンノート」の前にて。

ではなぜ、ロンドンにだけ「パチンコ屋状態」のカジノが犇めいているのであろうか。

さて、こう考えると、女房族にとってはまさに許すまじきカジノが、ロンドン市内に二十六軒も存在している事実も、べつだんふしぎではあるまい。つまり、レディー・ファーストなるものは、彼らの形式主義のなせる習慣なのであって、誇り高きジョンブルたちは形式以上の女房の思惑など、まったく意に介さないのである。

ロンドンは東京に較べればずっと狭い。健脚の旅行者ならば、どの名所からも徒歩でホテルに帰れる程度の面積である。その小さな街に、カジノが二十六カ所もあるというのは、東京の感覚でいうと「パチンコ屋状態」である。

先進国の大都市で、街なかにカジノがあるというのは実に珍しい。パリは市内と近郊はご法度で、最も近いアンギャンのカジノに行くにも、ハイウェイを一時間も走らなければならない。ニューヨークに至っては、三時間も車を飛ばしたニュージャージー州のアトランティックシティが至近である。アジアの諸都市の場合は、旅行客専用であることが多い。

つまりそれくらい、大都市の中のカジノというのは社会的弊害を及ぼし、反対勢力も多いから成立しづらいのである。余談ではあるが、こうした世界の現情を考えても、東京のお台場にカジノを建設することは至難といえよう。

ではなぜ、ロンドンにだけ「パチンコ屋状態」のカジノが犇《ひし》めいているのであろうか。

ひとつは、伝統である。イギリスにおいてはトラディショナルであることすなわち美徳であって、長い歴史を有するものはけっしておろそかにしてはならない。伝統の二文字の前には、たかだかの社会的弊害や生活上の意見など、くそくらえなのである。

ちなみに、ロンドンで最高の格式を誇るカジノ「クロックフォード」は、1828年の開業というから、現存する世界のカジノの中ではおそらく最古であろう。こうなるとたしかに存在そのものが文化財であって、いかなる弊害も議論の外である。

もっとも、この「伝統」の重みを裏返せば、「既成事実」という現実的な存在理由もある。父祖代々、百数十年間も慣れ親しんできたカジノに反対する合理的な理由を挙げようとするなら、その間に登場した不合理な習慣はほかにいくらでもあるわけで、今さらその存在理由など、誰も疑ってはいない。この点についてはわが国のパチンコ屋も、あるいは自衛隊も、たぶん同様であろう。既成事実というものは時を経れば経るほど、超越的存在理由をおのずと持つのである。

ただし、こうしたカジノ天国のイギリスには、その存在をきちんと担保するシステムの歴史もある。

クロックフォードが開業した当初は、貴族専用であったから法的な整備などは必要なかったが、やがて遊戯人口が拡大するにつれて、1892年に、"The Gaming Act" なるものが制定された。直訳すれば「遊戯条例」である。なおかつこれをベースとして、1934年には“The Betting and Lotteries Act”すなわち「賭博・宝くじ条例」が制定され、さらに1968年に至って“The Gaming Act 1968”が成立して、現在イギリス全土の百十六カ所のカジノは、すべてこの法律で設置された“The Gaming Board”すなわち「英国遊戯統制局」の管理下に置かれている。

さきに私は、「イギリスは形式主義」と述べたが、こと法律に関しては厳格である。カジノ・ライセンスは統制局の厳重審査を経て交付され、その後の運営についてもすべて当局の徹底した管理指導が行われる。たとえばアメリカで発祥して今日ヨーロッパ全土を席捲しつつあるスロットマシンも、イギリスでは法律により、一軒のカジノで10台までしか認められてはいない。すなわち、ゲーミングの王道であるテーブルゲームのみによって、イギリスのカジノは本来の伝統を保持し続けている。

このように考えていると、「世界カジノ行脚」なるこの企画も、なかなか意味深いものに思えてくる。まさしくカジノには、お国柄と国民性とがあからさまに露出するのである。

ところで、この法律にはいかにも英国流の、厄介で意味不明な項目がある。

カジノはすべて会員制であり、旅行者が立ち寄って勝手にゲームをすることはできないのである。まず各カジノのフロントにパスポートを提示し、書類を記入したうえで二十四時間

▲1828年開業のカジノ「クロックフォード」のプライベートルームにて。

後に、問題がなければようやくメンバーとして入場が許される。ということは、ヨーロッパの各都市をめぐるツアー客は、事実上ロンドンのカジノを覗くことすらできない。

もっとも、この妙なお定めによってメンバー資格を拒否されたという例を、私は知らない。つまりこの部分は、明らかに勿体をつけているだけであろうと思われる。まさにイギリスである。その証拠に、いかにも敷居の高そうな市内のカジノに一歩入れば、そこは世界中のどことも変わらぬ鉄火場なのである。

ロンドンのカジノは実に面白い。スペースは狭いけれど、そのぶん豪華なフロアにいつものメンバーが集まり、伝統のテーブルゲームに熱中するさまは、まさしく鉄火場の様相である。

メイフェアの名門ホテル「コンノート」に荷を解き、これより出撃する。

LONDON

17

終身名誉会員

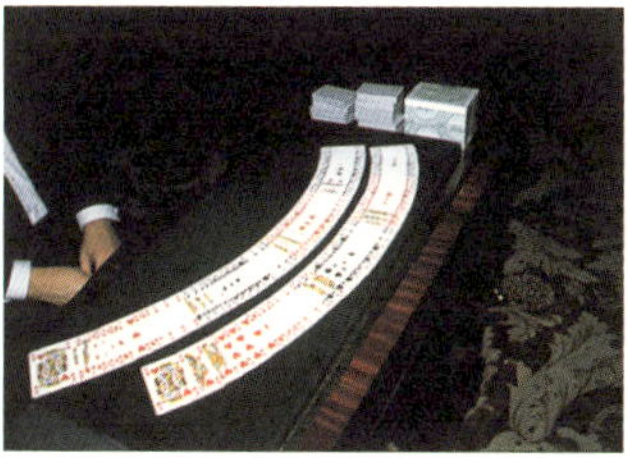

ロンドンでの私の常宿は、ハイド・パークのほとりにあるドチェスターだが、今回の宿泊先にはメイフェアの中心部にあるコンノートを選んだ。

もっとも、ロンドン市内には二十六軒ものカジノがあるのだから、どのホテルに泊まっても不都合はない。むしろアメリカン・スタイルのホテルを選んだほうが、深夜の出入りが自由な分だけ気をつかわずにすむ、とも言える。格式あるロンドンの高級ホテルは、午前一時には玄関をロックしてしまい、その後は呼鈴を押してボーイを呼ばなければならないのである。セキュリティーの面では実に安心できるのだが、それも毎晩となれば、いささか気が引ける。

しかし感心なことには、コンノートやドチェスターのクラスになると、全従業員がゲストの顔をちゃんと覚えており、「お帰りなさい」と微笑み返しながら鍵を開けてくれる。また、そのときに日本からファックスが届いていたとしても、フロントに呼び寄せるような不粋はせずに、部屋に戻ったころあいを見計らって、ドアの下からスッと差し入れてくれる。

こうした気配りとホスピタリティの完璧さは、やはりロンドンならではである。

コンノートは１９１７年の開業で、建物はその前身であるコーバーグホテルの、１８９７年当時のものを使用している。マホガニー材と煉瓦でできた、後期ヴィクトリア調の名建築である。室数は九十二、そのうち二十三室がスイートで、この小ぢんまりとしたサイズに何と二百三十五名のホテル・スタッフがいる。

値段だけの高級ホテルは世界にいくらでもあるが、チェック・インの際にロビーを見渡して、ゲストよりも従業員のほうが多いというのを、私は本物の目安にしている。一人のホテルマンが複数のゲストをもてなすなど、最高級のルーム・チャージを設定している以上、あってはならないことなのである。その点、コンノートは一室に三名の従業員が付き、シェフはかの有名なゴードン・ラムゼー、内装はニーナ・キャンベルで、その居心地のよさは申し分ない。

ちなみに、ニューヨーク在住の御齢百歳になるファーストレディーが宿泊するとき、コンノートは彼女のためにベッドからハンドクリームまでの室内の百十品目を、すべて小さいものに取り替えるそうである。

ディーラーとのかけひきに疲れ果てて帰った晩など、このホテルの完全さはまことに有難い。

さて、出撃の前にラウンジの暖炉の前でアフタヌーン・ティーでも飲みながら、ロンドンのカジノについて、もういちど復習をしておこう。世界のカジノはアメリカン・スタイルに変容しつつある。しかしロンドンのそれは、アメリカでもなくコンチネンタルでもない固有

ディーラーの腕はたしかである。
どこのカジノでも競うように
美人ディーラーを雇っているが、
顔やボディに見とれていると
ひどい目にあう。

の伝統を頑なに守り続けている。すなわち、ラスベガスともモンテカルロともちがう、ロンドンの流儀をわきまえていなければならない。

①メンバーシップ

ロンドンのカジノはすべて会員制である。パチンコ屋のように林立しているとはいえ、通りすがりの旅行者が立ち寄ることはできない。まずフロントでパスポートを提示し、必要事項を自筆で記入したのち、問題がなければ二十四時間後にメンバーシップ・カードが交付される。

この会員資格は共通ではないので、一軒のカジノで負けてすぐ隣の店に行くときも、同様の手続きが必要となる。ということは、ロンドンで何日か腰を落ちつけてギャンブルをしようと思うならば、まず一日目に、目星をつけた何軒かのカジノのメンバーシップ登録をしておくことが望ましい。負けが混んだときに場を変えられないのでは、カジノの餌食である。

②ソシアルクラブ

服装はことのほかやかましい。男性は必ずジャケットにネクタイ、女性は具体的な制約はないが、ジーンズやTシャツは不可。つまり昼間に観光をしても、いったんホテルに帰って服装をととのえてからカジノに行かねばならない。

好都合なことに、市内のカジノは必ずレストランが併設されているので、食事がてらのカジノと考えれば、ソシアルな服装も一石二鳥というわけである。

近ごろではアメリカン・スタイルのカジュアルなカジノが世界の主流で、ヨーロッパでもリゾート地などはさほどやかましいことも言わなくなったが、ロンドンはさすがに頑固である。

③ゲーミング

スロットマシンは一軒に10台以内、すなわちなきに等しい。その10台にしても、マシンに向き合っている人はほとんどいない。主役はテーブルゲームで、こちらもルーレットとブラックジャックだけと言ってもいい。

レートは店の格によって異なるので、入会時に確認しておくことが大切である。当然のことだが、客の出入りが多いカジノは大衆的なレート、シルクハットのドアマンがいて「ウェルカム・サー」などといちいち言う店は、ハイレートである。

ルーレットはシングル・ゼロのいわゆるヨーロッパ・スタイル。ただしテーブルのサイズはアメリカンで、十人もたかれば満員となる。ハウスエッジが低く、自分の手で勝手にチッ

▼カジノ「クロックフォード」の美人ディーラーと。「強い！」

プを置くことのできるこのブリティッシュ・ルーレットは、最も遊びやすい。

ディーラーの腕はたしかである。どこのカジノでも競うように美人ディーラーを雇っているが、顔やボディに見とれているとひどい目にあう。ブラックジャックのテーブルについても、カードの扱い方で「これはヤバい」という感じがする。一台のテーブルに長居はしない、というのがロンドンの鉄則であろう。

平均的には一軒のカジノにテーブルが10台から20台、それにレストランとバーが付いた狭いスペースである。つまり、ガツガツとゲームをせずに、おっとりと一夜を過ごすというふうでなければ、ロンドンのカジノを楽しむことはできない。このペースに慣れてくると、日本ではとっくに死語となってしまった「社交場」が見えてくる。カジノの本来の形を、ロンドンのそれはきちんと踏襲しているのである。

④私見

初めに「私見」と断っておく。どうもロンドンのカジノは、サクラがいるように思えて仕方がない。

会員制のソシアルクラブだから、テーブルがヒートしづらい。ところがどこのカジノにも、たいてい様子のいい中年の婦人客がひとり、ルーレットのテーブルをめぐり歩いている。そして一目掛けのストレートを妙に当てる。彼女を中心にしてテーブルが賑わうと、勝ち続けているにもかかわらず、ふいに隣のテーブルへと移ってしまう。

私はロンドンのカジノに行くと、まずホール全体を見渡せるバーかレストランの椅子に腰を落ちつけて、このサクラと覚しき人間を探す。で、確信を持ったら後を追いかけて、サクラの張り目に乗るのである。これがふしぎとロンドンでだけは勝ち続けている私の秘法である。

あくまで「私見」ではあるが。

さて、午後二時。カジノ開店の時間である。夕方から客が入り始め、食事の終わる十時ごろから午前二時ごろまでがゴールデン・タイムで、夜の明けるころに閉店というのがロンドンのカジノの一般的なタイム・テーブルである。

コンノートからは目と鼻の先のバークレイ・スクウェアに、ロンドン随一の名門カジノ・クロックフォードがある。

どういうわけか私は、このクロックフォードから「ライフタイム・オナラリー・メンバーシップ」なるものを授けられている。直訳すれば「終身名誉会員」という、たいそうなものである。

天井までがウェッジウッド……。

かつてラスベガスの複数のカジノから、同じような話があったのだが、何となくヤバそうな感じがするので丁重にお断わりした。ではなぜクロックフォードを固辞しなかったのかというと、そのあたりがイギリスという国のふしぎなのである。つまり、ベラッジオの「名誉会員」といえば、「よっぽど負けているのだろう」と思われてしまうが、クロックフォードならば勝ち負けではないステータスを感じさせる。

で、見栄ッ張りの私はこの「終身名誉会員」の資格を有難く受けることにしたのだが、正直のところをいうと薄気味悪い。

小雨に煙るバークレイ・スクウェアに面して、クロックフォードは1828年の創業当初のままに佇んでいる。看板はない。そのありかを示すのは、路上にずらりと並ぶロールスロイスとベントレー、そしてシルクハットに燕尾服を着たドアマンたちである。敷居の高さからいえば、まちがいなく世界一であろう。

ドアを開ければ、小体な貴族の館の趣きで、それもそのはず、ここはかつてのウェッジウッドの居館であったという。

LONDON

18

1億円しばりの密室

十九世紀初頭の話である。

ウィリアム・クロックフォードは貧しい魚屋の倅だった。テムズ川に水揚げされた雑魚《ざこ》を市場に並べ、売れ残った魚は顔見知りのコックに頭を下げて買ってもらっていた。

ウィリアムに野望はなかった。どう考えたところで、彼は父や祖父と同様に、生涯を魚売りで過ごすはずだった。思いもかけぬ幸運に恵まれさえしなければ。

ある冬の日、ウィリアムは売り損ねたドーヴァー・ソウルの袋を担いで、冷たい雨の降る街角に佇んでいた。これが売れなければ、明日の仕入れができない。親は老い、妻子は暖炉にくべる薪も買えずに飢えている。いよいよインドかアフリカに流れて、万にひとつのチャンスを探すほかはあるまいと、彼は思いつめていた。

そのとき、きらびやかな貴族の馬車がやってきた。シートに座った貴婦人が窓を開けて、貧しい人々に施しのコインを撒いていた。ウィリアムに商人の矜持はあったが、破れた長靴の爪先に金貨が転がってきたのでは、拾わずにはおられない。

一枚の金貨はあくる日の仕入れをするには十分な額であった。しかし堅物の彼は、拾った金で商いをすることを潔しとしなかった。で、さしたる考えもなく、金貨をホースレースに賭けた。

ウィリアムがギャンブルに手を染めたのは、後にも先にもその一度きりである。魚市場の

巨大なプレッシャーに、
私はよろめいた。

入口に店を構える賭屋に行き、最も売れていない馬に金貨を賭けた。数時間後、市場は大騒ぎになった。

ウィリアムの手にした配当金は、稼業にこだわるのならインド洋まで遠征できる漁船を、乗組員ごと買えるほどの大金だった。だが彼は、長いこと苦楽を伴にした仲間たちの頭ごしに、自分ひとりがブルジョアになりたくはなかった。

かと言って、祖父の代からの魚屋には、ほかの商売が思いつかない。魚市場に生まれ育ったウィリアムの知っている商いといえば、船主と漁師と魚屋と、市場の賭屋ぐらいのものだった。

賭屋――彼はふと思いついた。ブルジョアたちを相手に、これをやったらどうだ。なくしても困らぬ金、馬車から投げ捨てるような金ならば、きっとギャンブルにも使うだろう。それに、自分の財産はそもそもギャンブルで得た金なのだから、そうした使い途は理に叶うような気もした。

ウィリアムは船も魚も買わずに、バークレイ・スクウェアに面したウェッジウッドの館を買い、そこにロンドン初のカジノを開店した。

賭事で生活を脅かすような人が出ぬよう会員資格は厳正に審査をし、ゲーム中のトラブルを防ぐために、長いサーベルを吊った剣士も雇った。カジノのジャッジに文句があるのなら、バークレイ・スクウェアでこの剣士と決闘をしなさい、というわけである。

ウェッジウッドから引き継いだ豪華なインテリアと、厳格で紳士的な規律によって、会員たちはみな気分よくギャンブルを楽しんだ。やがてウィリアムは、多額の納税と社会的貢献により騎士の称号を与えられ、サー・ウィリアム・クロックフォードと呼ばれるようになった。


——と、以上がロンドン随一の格式を誇るカジノ、クロックフォードの起源である。以来百八十年の間、クロックフォードはバークレイ・スクウェアに面して、世界中のハイローラーたちに愛され続けている。

支配人の話によると「世界最古のカジノ」である。起源を正しくたどれば、世界最古はほかにもありそうな気はするが、少くとも「開業当時のままの世界最古」であることについては異論があるまい。

ともかく敷居は高い。むろん他のカジノと同様に手順を踏めば、誰でもメンバーにはなれるのだが、ドアを開けてからフロントまでの数歩を、尻ごみせずに堂々と歩くためには、自己評価に対する相当の自信が必要である。

内装は黒と緋赤を基調としたシックなもので、天井や壁面にはかのウェッジウッドの陶器

「ええと、五十万ポンド（約一億円）を賭けるというと、どのくらいの期間で？」

「もちろん一晩で」

にある意匠が施されている。これらはカジノ開業以前、すなわちこの館がウェッジウッド・ハウスであったころのものである。

まずは支配人に導かれて「サロン・プリベ」へ。カジノの起源はフランスではないが、社交場としての意味から、しばしばフランス語が使用される。英語でいえば「プライベート・ルーム」である。

天井の低い、絨毯も壁装も緋色の部屋である。時間が早いので客はいない。数台のテーブルには正装のディーラーが付いている。

「このサロン・プリベでゲームをなさるお客様は、終身名誉会員か、もしくは50万ポンドを賭けて下さることが条件です」

巨大なプレッシャーに、私はよろめいた。ついつい愚問を口にする。

「ええと、50万ポンドを賭けるというと、どのくらいの期間で？」

「もちろん、一晩で」

せめて「一生で」と言ってほしかった。50万ポンドといえば、ごくアバウトに計算して邦貨1億円である。

「まさかとは思いますが、日本人は来ないですよね」

「過去七年間、おいでになった日本人のメンバーはいらっしゃいません」

さもあろうとは思うけれど、七年前の出来事にしてもここに来た日本人がいるというのは驚きである。どこの誰かは知らんが、顔が見たい。

私は祖国の名誉のために、適切な解説を加えた。

「日本人は全体的に金持ちですが、社会構造上、突出した金持ちがいません。一晩に50万ポンドのミニマムでは、無理ですね」

支配人は一瞬、理解できないというような顔をした。世界的な経済レベルからしても、七年間日本人が来ないことがふしぎでならないらしい。

「お手元に現金がなくとも、終身名誉会員にはお貸ししますが」

「ケッコーです」

強く拒否して、私はサロン・プリベに続く小部屋に向かった。

「ここは、ポロルームといいます。会員の中にポロのお好きな方がいらして、彼のためにデザインをしました」

なるほどポロの道具や絵画が壁面にあしらわれている。ここならばいくらか安いレートのような気がしたので、手近のルーレットテーブルについた。黒いドレスの美女ディーラーがにっこりと微笑む。

「ウェルカム・サー」

「いちおうお聞きしますけど、ミニマムとマキシマムを教えて下さい」

マキシマムなどは聞く必要がないのだが、ミニマムだけを訊ねるのは恥ずかしい。ちなみに、ルーレットでいうマキシマムとは、シングルナンバーのストレートに張る上限のことで、ミニマムは下限、すなわちチップ一枚の金額である。

「イエス・サー。ミニマムは500ポンドです。マキシマムは――」

「ケッコーです」

と、私は席を立った。チップ一枚10万円のルーレットなんていやだ。インサイドにペタペタと張れば、一勝負が数百万である。

どうやらイギリスの小説家というのは、全員大金持ちであるらしい。支配人は私が機嫌を損ねたと思ったらしく、妙な言い訳をした。

「クロックフォードは世界一フェアなカジノです。国の規制も世界一きちんとしております。どのカジノよりも、どこの国よりも気持ちよくお遊びになれます」

フェアだとか、規制がどうのとか、そういうことではない。一晩1億円しばりとか、チップ一枚10万円とかいうバクチに、フェアも規制もあるもんかと私は思った。

遁《のが》れるように階段を昇ると、ウェッジウッドの意匠に囲まれた大きな部屋があった。壁には貴族の肖像画が飾られている。

「そりゃ強かったでしょうよ。ここのディーラーたちは、負けたってナポレオンだ」

「ここはウェリントン・ルームです」

「もしやこの絵は、ウェリントン公爵？」

ウェリントンといえば、かのナポレオンをワーテルローに破ったイギリスの英雄である。

「はい。公爵はしばしばこのクロックフォードでゲームをなさいました。言い伝えによると、ギャンブルもたいそうお強かったそうです」

「そりゃ強かったでしょうよ。ここのディーラーたちは、負けたってナポレオンだ」

と、こういうとんでもない部屋がいくつもあるのだが、一般の客のゲーミングはさほど怖ろしいものではない。午後八時前ならルーレットのミニマムは2ポンドで、ブラックジャックは10ポンドだから、他のカジノよりいくらか高めという程度である。八時を過ぎると、ルーレットは5ポンド・ミニマムとなる。つまりワンチップが１０００円である。

「今回は長旅の途中なので」という妙な理由をつけて、早々にクロックフォードを引き揚げることにした。

この夜は以前からメンバーになっているランデヴー・カジノで大勝。さらにクレアモント、パームビーチとハシゴをして緒戦を飾った。ロンドンの面白さは、趣きのそれぞれ異なるカジノの渡り歩きである。

二晩をカジノ三昧で過ごしたころ、ふと青空が見たくなった。

ヨーロッパの地図を暖炉の火にかざして、海と青い空と、おいしい料理がありそうなリゾートを探す。

ドーヴィル。ウォータールー・インターナショナル駅からユーロスターに乗れば、パリまでは三時間。ノルマンディの海岸までハイウェイを飛ばす。

ロンドンの闇を抜け出して、明日は別天地のカジノに向かおう。

「君はもう、踊らないの？」
「トウシューズは、とっくに捨てたわ」

少のチップを投げるのが常識であるから、勝負をするならイギリスであることはまちがいない。

ただし、勝負をするというより、カジノそのものを堪能しようという目的ならば、優雅なリゾートで発達したフランスであろう。カジノに不慣れな日本人に、まさかのっけから勝負を意識する人はいないだろうから、旅行がてらのカジノ体験ならば、むろんフランスがお勧めである。ともかくフランスのカジノはどこでも、勝ち負けに関係なくゲストを満足させてくれるだけの雰囲気がある。

サン・ラザールの駅頭に小粋なプジョーを停めて、美しい妖精が私を待っていてくれた。Jは年齢不詳、国籍不明、その正体をあえて何者かと問われれば、パリの妖精としか答えようはない。

バレリーナであった少女のころ、イタリア人の将校に連れられてヨーロッパに来た。九州の生まれであることのほかに、私はこの仲良しのパリ娘について何ひとつ知らない。美しい人は深く知るべきではないから、私も訊ねることはない。

小さな体を精いっぱい伸ばして頬に口づけをするのが、いつに変わらぬJの挨拶である。

青い空よりも乾いた風よりも、このキスを受けたとたんにいつも、私はパリを感ずる。

NORMANDIE

19

ノルマンディの妖精

ユーロスターはロンドンとパリをわずか三時間で結ぶ。空港までの距離と搭乗の手間を考えれば、こちらのほうがずっと便利である。

ただし、日本のＪＲグループはあらゆる面において断然の世界一であるから、いかなユーロスターといえども過度の期待をかけて乗るとガッカリする。

いずれにせよイギリスとフランス、ロンドンとパリのまことに対照的な文化が地続きになったということは、ひとつのエポック・メイキングであろう。

カジノについても、この両国は対照的である。

イギリスは街なかの随所に、会員制ソシアルクラブのカジノがある。便利であるかわりに、いちいち会員登録をしなければならない。

その点フランスは、法律によってリゾート地でなければカジノが認可されない。パリから最も近いアンギャンのカジノでも、ハイウェイを一時間ばかり走らねばならない。そのかわりパスポートを提示して服装のチェックを受ければ、旅行者でも気軽にゲームを楽しむことができる。

ゲームの主役はどちらもルーレットだが、イギリスはシングル・ゼロ、フランスはダブル・ゼロである。このルールのちがいは、言うまでもなくイギリスのほうがプレイヤーに有利で、しかもマナーの点でもイギリスのノーチップに対して、フランスは的中した場合に多

映画「男と女」の撮影場所として有名なホテル・ノルマンディー。
主演だったアヌーク・エーメは、
彼女の名前のついたスイートに今でも泊まりにくるという。

「ノルマンディのオムレツが食べたくなってね」

「オムレツは明日の朝よ。ディナーはドーヴァー・ソウルのムニエル」

私を助手席に搦め取って、プジョーは全速力で走り出した。


第二次大戦の上陸作戦ですっかり有名になってしまったが、ノルマンディにとって、それは汚名であろう。かつてこの地方は、ヨーロッパの王侯貴族が集う景勝の地であった。ナポレオン三世の義弟にあたるモルニー大公がドーヴィルのリゾートを開いたのは、1860年のことである。以来、華やかなベル・エポックの時代や、ドイツ軍の占領下を経て、今も世界の賓客に愛されている。

ドーヴィルの町を見下ろす岬から、たそがれの海を眺めた。渚にはクラッシックな別荘が立ち並び、ボードウォークが小径となって遥かに続いている。

ふと、砂浜に立ってみたいと思った。ノルマンディにとって、戦は汚名にちがいない。しかし若いころ自衛隊員であった私は、おのれの足で史上最大の作戦の戦跡に立ちたいと思ったのである。

「僕は昔、兵隊でね。戦は知らないけれど、敵前上陸の訓練ぐらいはしたんだ」

砂浜を歩きながら、Jは思いがけぬことを聞いたというふうに立ち止まった。

ノルマンディ海岸の縦深は恐怖そのものである。身を隠す掩体《えんたい》の何ひとつない砂浜が、数百メートルもの幅で続いている。ドイツ軍の防御線は、渚のボードウォークのあたりであろうか。彼らにとっては、長い海岸の横拡こそが恐怖だったにちがいない。

私は防御線に立って、涯《は》てもない海岸の横拡を見渡した。連合軍の激しい砲爆撃のあとで、残った銃座から渚を見渡したドイツ将校の恐怖はいかばかりであったろう。おそらく海を埋めつくすほどの上陸用舟艇を、彼らは見たはずである。

数百メートルの砂浜を汀《みぎわ》まで歩く。振り返れば攻撃目標は、これもまた涯てしなく遠い。上陸を敢行した兵士たちにとっては、永遠の数百メートルであった。

それほど遠くはない昔、この砂浜に幾万もの若者たちの骸が敷き詰められたのである。

重機関銃の曳光弾は、はっきりと目に見える速度で飛んでくる。たとえ演習場であっても、それが次々に頭上をかすめると、背筋が凍るほど怖ろしい。耳目に刻みつけられた若き日の記憶が甦って、私は汀に立ちすくんでしまった。

「イサドラ・ダンカンを知ってる？」

Jが唐突に訊ねた。

「いや。誰だい」

「伝説のバレリーナ。コスチュームやトウシューズは不自然だと言って、靴も服も脱ぎ捨てて踊ったのよ。この海岸で。第一次大戦中にはカジノも病院になっていて、イサドラはそこで看護婦をしていたの。それがある日、海岸に出てすばらしいバレエを踊った」

「靴も服も脱いで？」

「そう。服はともかく、トウシューズをはかずに踊るのは難しいの。指先で体重を支えるんだから。砂の上だと、もっと難しい」

話しながらJは、濡れた汀に爪先立った。

「君はもう、踊らないの？」

「トウシューズは、とっくに捨てたわ」

戦はノルマンディの悪い記憶だが、伝説のバレリーナの逸話は、この海岸にふさわしい。


ホテル・ロワイヤル・バリエールは1913年創業のスーパー・リゾートである。

海に面したスイートルームの扉には、「ダスティン・ホフマン」の表札がかかっていた。

彼がご愛用の部屋であるらしい。ホテルは私の職業をあらかじめ知っているらしく、窓際には大きなデスクと、読書用のソファと電気スタンドまで置かれていた。行き届いたホスピタリティではあるが、あいにくここで仕事をするつもりはない。

それにしても、外国のリゾートホテルは心を和ませる。おそらくは遊びというものに対す

▲「そろそろ、ルシアン・バリエール・カジノへ行こうか」

る重要感のちがいであろう。遊び下手の日本人は、リゾートにまで日常を引きずって行く。欧米のそれはコンセプトの第一が徹底した非日常である。あわただしい日々の暮らしから身も心も完全に解き放たれて、人は初めてくつろぐことができる。

世に名高いドーヴィルのカジノは、ホテルのすぐ並びにある。ほかにもサマーシーズンの開催で知られる競馬場や、１９２９年創設の名門ゴルフコース、ココ・シャネルが第一号店を開いたブティック街もある。

ドーヴィルはパリ市の全二十区になぞらえて、「パリ二十一区」の異名を持っている。プランタンの支店を始めとする一流ブティックの看板を眺めれば、さもありなんというところである。

かつてベルサイユのプチトリアノンをイメージして造られたカジノは、１９９９年にジャック・ガルシアの手で大改装を施された。外見は創業当時のままだが、内装は大理石と金と深紅とで彩られた、まさに巨大な宝石箱である。

現在の経営はルシアン・バリエール・グループで、この会社の本質はカジノ経営でも観光業でもなく、いわば総合アメニティ・プロデュースとでも言うべきか、ともかく十四カ所のカジノを営みながら、音楽、映画、演劇、出版といった多方面の文化事業のスポンサーとなっている。日本ではまず言い表わしようのない業態である。いや、フランスならではというところであろう。

思うに、莫大な利益を生むカジノの経営者として、こうした社会還元の方法はまことに正しい。あからさまに国庫や自治体の財源にされるというのでは、プレイヤーが納得するはずはない。ましてや企画の前段階から、財源にするなどと言ってしまうのは愚の骨頂であろう。「カジノは悪い遊びです」と宣言しているようなもので、これではお台場カジノ構想などまったく絵に描いた餅である。

このあたりの私的見解は、いずれ詳しく書こうと思う。

さて、ドーヴィルのルシアン・バリエール・カジノは、30台のテーブルゲームと325台のマシンからなる。カジノの面積は広いので、実にゆったりとしている。館内には洗練されたフレンチ・レストランを始め、バーやカフェが充実しており、コンサートホールやレヴューもあって、なるほどラスベガスのカジノホテルは、ここをお手本にしたなと思わせる。

規模からすれば、後発のベガスには及ぶべくもないが、こちらは十九世紀以来の筋金入りである。高貴な社交場としてのこだわりは書割《かきわり》趣味のラスベガスの到底及ぶところではない。

NORMANDIE

20

博奕なるものあらずや

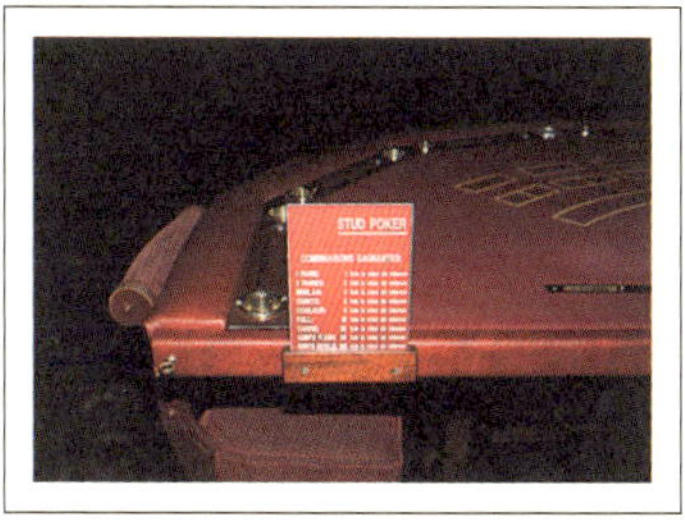

ホテル・ロワイヤル・バリエールの窓からは、広い海岸線を一望に見渡せる。

コート・ダジュールとはまことに好対照の海である。晴天の日でも何となく物哀しさが漂い、限りなくロマンチックで、小説家の想像をかきたてずにはおかない。

ドーヴィルにとっての最も良い時代は、1900年初頭のエコール・ド・パリのころであった。ホテルの開業は1913年だが、翌年には第一次世界大戦が始まってしまったので、この地が本格的な繁栄を見たのは1920年代である。当時はかのレオナルド・フジタをはじめ、ルソー、シャガール、モジリアニ、ピカソといったパリ画壇の錚々《そうそう》も、こぞってドーヴィルを訪れたという。

かつては王室や貴族たち専用のリゾートであったところに、第一次大戦を挟んで芸術家や新興資産家が訪れるようになり、華やかな文化を作り上げたというのは、世界中のあちこちに起こった一種の社会現象であろう。わが国の軽井沢なども、まさに同様であった。戦の後には必ず文化の興隆があり、その興隆を再び戦争が破壊するという連鎖を、人類は続けているのである。

このエコール・ド・パリの時代の面白いエピソードを聞いた。

シトロエン社の創業者であるアンドレ・シトロエンは大のギャンブル好きで、ドーヴィルを訪れるとカジノに入りびたって大散財をしていた。ホテルにほっぽらかしにされた奥方は、

▼カジノを経営するバリエール・グループは、
仏競馬のクラシックレース、凱旋門賞のパトロンでもある。

▼▲ フランスの有名なデザイナー、ジャック・ガルシアによって2000年に改修。
彼の得意とする「赤」でカジノが覆われている。

退屈であるうえに大負けの噂まで耳にして、気が気ではない。意外なことに当時のカジノは女人禁制であり、様子を見に行こうにも入ることができない。しかしついに業を煮やして禁を破り、カジノに躍りこんで亭主を引きずり出した。かくてシトロエン夫人はドーヴィルのカジノに足を踏み入れた初めての女性となり、この事件をきっかけにしてカジノが女性に解禁されたのだそうだ。

真偽のほどは定かではないが、世のギャンブラーにとっては他人事と思えぬエピソードである。世界のカジノの多くはリゾート地にあるか、もしくはリゾート機能を有しているので、ギャンブルに興味のない女性もそれなりに楽しめるようになっている。ラスベガスを始めとするアメリカのカジノ・タウンはその好例である。しかし、そうかといって奥方を同伴すれば、往々にしてこの「シトロエンの悲劇」に見舞われることになる。

幸い私の場合、女房は亭主のバクチに文句をつけることが、原稿執筆中に話しかけるのと同じくらいいけないことだと承知しているので問題はない。ただしカジノで一緒にキレることがしばしばあるのは問題である。同じ財布の夫婦が共に惨敗したとき、家計に及ぼすダメージは脅威である。

いずれにせよ、「シトロエンの悲劇」にも「浅田家の悲劇」にも見舞われないためには、カジノ旅行に夫人を同行させぬことが肝心であろう。

さらに余談ではあるが、カジノを有するリゾート地には有名ブティックが軒をつらねている場合が多い。ここドーヴィルにもパリの一流店が出揃っており、プランタンの支店まである。何しろココ・シャネルの第一号店はドーヴィルであった。ということは、亭主にほっぽらかしにされた女房が、ショッピングでキレるというケースも大いに考えられる。言い争いになったところで、「あなたの使った5000ユーロには何ひとつ残るものがないけど、私にはエルメスとシャネルがちゃんとあるのよ」などと言われれば二の句が継げぬ。

ともあれ、夫人同伴のカジノ旅行に悲劇はつきものである。

ルシアン・バリエール・カジノの広さはまことにころあいである。30台のテーブルと325台のマシンは、ヨーロッパでは最大級の規模であるが、ラスベガスのように同行者とはぐれてしまうこともなく、自分の居場所がわからなくなるほどでもない。

だがしかし、そもそもカジノというものはある一定の時間が経過してしまうと、規模など無意味になるのである。すなわち、一カ所にハマッてしまう。

浜辺に夕靄のかかるころ、私とJはタキシードにカクテルドレスの盛装をこらし、ルシアン・バリエール・カジノの赤い絨毯を踏んだ。レストランでドーヴァー・ソウルのムニエルを食べながら、「そういうバカなやつらばかりでね」などと、カジノ必勝法の蘊蓄をたれた。

そう、ハウスエッジのある限り、ひとつのテーブルに長居をすれば必ず負けるのである。出目やディーラーの顔色や、自分自身の運と勘を冷静に見極めつつ、小さな勝ち逃げをくり返してテーブルを巡り歩くのが唯一の必勝法と言える。

そんなことは百も承知であるのに、毎度知れ切った往生をとげる、何たる愚かしさであろうか。初めのうちこそ「バカなやつら」を尻目にブラックジャックのテーブルを渡り歩いていたのだが、ほどなく私も「バカなやつら」のひとりになった。

ものの一時間後に、私はルーレットの花咲かじじいとなり、尾羽打ち枯らして揚げ句の果てに、マシンの森に迷いこんだのであった。ちなみに「花咲かじじい」とは、出目も勘もなく思考停止の状態で、ルーレットの数字のほぼ全部のストレートにチップの花を咲かせるバカなプレイヤーのことである。しかもふしぎなことには、こうした場合わずかに張り残した数字にボールが入ることになっている。

フランスにおけるスロットマシンの歴史は浅く、国が認可したのは１９８８年のことである。イギリスではいまだに、一軒のカジノに10台までという制限が付けられているが、フランスではこの数年の間に著しい増加を見た。どこのカジノでも、スペースの過半はスロットに占められているか、あるいはテーブルゲームの尊厳を脅かさぬように、別のスロットルームを設けている。機種はドラム式のスロットとビデオポーカーがほぼ半分ずつといったとこ

負けてしまった……。

ろか。

スロットマシンはディーラーが必要ないうえにスペースもとらず、回収率もテーブルに比べれば断然いいのだから、増えぬはずはない。しかもビッグヒットに関しては10パーセントの税金が課せられるので、おそらく国も暗黙の奨励をしているのであろう。

もともとは難しいことを考えるのが嫌いなアメリカ人が作ったもので、しかもそのゲームとしての特長は、大勝利か大敗北である。テーブルのように適当な勝ち負けというものが、まず有りえない。こうした結果も、いかにもアメリカ的である。

ブラックジャックからルーレットへ、花咲かじじいとなってマシンの森へ、というコースは、全世界共通の転落の道であった。そしてマシンも次第にハイレートを昇りつめ、1ベットト10ユーロの悪魔の前に傅《かしず》くころになると、もはや勝つことなどこれっぽっちも考えず、ただひたすら無意味なる消費行為をくり返す。この自己喪失、自我崩壊はまさしく悪魔に魂を売り渡した感じで、考えようによってはカジノの醍醐味であろう。

「浅田さん、浅田さん」

と、現世からJの声がする。懸命に私を此岸に呼び戻そうとしているかのようである。

「うるせえ、先に帰って寝ろ」

「このまま続けると、たぶん1万ユーロぐらい軽く負けちゃいますよ。まずいですよ、ドイツに行けなくなります」

その一言で我に返った。スケジュールによれば、明日の朝パリに戻り、列車でフランクフルトに行く。目的地はヴィースバーデンの温泉付きカジノである。その後もカジノ行脚は続く。まさかドーヴィルで持ち金がトケましたから帰国、というわけにもいくまい。ここは府中の競馬場ではないのである。

かくて私は、かのアンドレ・シトロエンのごとくJに襟首を摑まれ、カジノから引きずり出されたのであった。


カジノは人生の縮図である。希望と絶望が渦巻き、歓喜があり挫折があり、誘惑と煩悩に充ち満ちている。

常識的な倫理観からすれば、ギャンブルは悪いものではあるけれども、人生の、とりわけ資本主義社会の縮図である以上、一概にそうと決めつけるわけにはいくまい。

まったく唐突であるが、論語陽貨篇に曰く。

「飽食終日、心を用うる所なきは難いかな。博奕《はくえき》なるものあらずや。之れを為すは猶《な》お已《や》むに賢《まさ》れり」、と。

ボーッとしている暇があったらバクチでもやれ、という孔子の訓えである。まさしく実学

カジノは人生の縮図である。

たる儒学の、面目躍如というべき一節であろう。たしかにボンヤリしているよりも、あるいはボンヤリ同然の非生産的時間を過ごしているよりも、ギャンブルは有益である。

まず、人間の行動はすべて自己責任に帰結するということを教えてくれる。この考え方の欠如は、総じて日本人の民族的欠嵌である。

同時に決断力が養われる。しかもこの決断に対しては瞬時に結果が提示される。決断と蛮勇とのちがいも、はっきりと区別できるようになる。

孔子が「已むに賢れり」とする根拠はほかにいくらでもあるが、要するに溺れさえしなければバクチが有益な行為であることにちがいはない。

ギャンブルに興味を示さぬ人物に会って、何となくスパイスの効かぬ料理の物足りなさを感ずるのは、私の偏見であろうか。

NORMANDIE

21

消費は美徳。倹約は罪。

Ｊの運転するプジョーの車窓に、ノルマンディの海が遠ざかってゆく。

「戦果はどうだったの？」

わかりきったことを聞かれると腹が立つ。Ｊは激戦の一部始終を見届けていたはずだ。とかく美人は底意地が悪い。

「ヒトラーなら、連合軍を撃退したと言うかもしれない」

「損害は？」

「考えたくもないよ」

正直のところ、いったいどれくらい負けたのかわからなくなっていた。

自分で言うのも何だが、私はすこぶる金銭感覚がよろしい。商家に生まれ育ち、自分でも長いこと事業経営をしていたせいか、世にも珍しい「油断のならぬ小説家」なのである。したがって、カジノでオーバーヒートしても勝ち負けの状況は常に把握している。

ではなぜわからなくなったのかというと、手持ちの現金がトケてキャッシュカードを濫用したせいであった。こういう負け方は実に珍しい。

まず、ルーレットでユーロがトケた。スロットマシンに移ってから、次々と両替した円もトケた。一昔前ならここで降伏となるはずだが、このごろでは本国からの援軍がくるのだから怖い。

べつにこういうときのために、というわけではないが、私は三枚のインターナショナル・キャッシュカードを持っている。一枚はＣＩＴＩＢＡＮＫの口座で、私のドル預金から現金が自在に引き出せる。他の二枚は三井住友銀行と東京三菱銀行のそれで、こちらはＰＬＵＳのシステムを通じて、私の国内普通預金口座から瞬時に現地通貨を引き出すことができるのである。ただし、このＰＬＵＳのほうはマネーロンダリング防止のために、一日の引出上限が設定されている。むろん、翌日には同じ上限の引き出しが可能である。

仮に、ＣＩＴＩＢＡＮＫのドル預金がトケ、ＰＬＵＳが上限となってしまっても、援軍はまだ控えている。クレジットカードという傭兵部隊である。私はＶＩＳＡのゴールドとダイナースに加え、けっこう自慢できるアメックスのセンチュリオンカード、通称「ブラックカード」なるものを持っているので、借入利息を覚悟すれば、何だかよくわからんけれど無尽蔵とも言える現金が出てくるのである。

このような臨戦態勢は怖ろしい。異国のカジノにいながらにして、その気になれば日本の銀行口座がカラになるばかりか、一生を棒に振るような借金を作ってしまう。

ポケットの中のレシートを確認すると、幸いなことにさほどの損害ではなかった。夜半から思考停止となった私を、カジノから引きずり出してくれたＪのおかげであろう。とりあえずノルマンディでの無条件降伏は免れ、勝負はドイツ本土決戦に持ち越される。

「本当は小説家なのよね」
「いや。ときどき小説を書く
ギャンブラーさ」

日本人が総じて自己管理能力に劣っていることは確かであろう。完成された社会主義国家というか、巨大福祉国家というか、ともかく相互扶助と思いやりの精神によって、個人のハンディキャップばかりかミステイクまでもが救済されてしまうのである。

親は子に存分な小遣を渡す。学校は追試験をくり返して生徒を進級させる。職場では往々にして、働き者の社員が生産性のない同僚の給料までも稼ぎ出す。恒常的な外注システムによって、下請けの企業は努力なしで繁盛する。スクールネームがあれば、一生食うに困らない。借金で首が回らなくなれば、いともたやすく自己破産ができるし、社会的波及力が考慮されて、大企業は巨額の債権放棄を受けるのである。

すなわち、個人や企業が「どうしようもない」状況に陥ったとき、神仏が救済するごとくに社会が何とかしてくれる。こんな幸福な国家は、いかな不況下とはいえ世界に類を見るまい。かくてわれわれは、「何とかなるさ」を合言葉として日々を過ごしている。

しかし、何ともならないのがバクチの負けである。自己管理能力を欠いた日本人が、外国のカジノで人生を棒に振らぬことを願ってやまない。

ドーヴィルからパリへはハイウェイを飛ばして三時間ほどの快適なドライブである。車窓には深い森と、牛や羊の群れる牧草地が行き過ぎる。

ヨーロッパを車や列車で移動するたびに、日本の国土の狭さを痛感する。国の面積はヨーロッパ諸国と同程度なのだが、なにしろほとんどが険しい山であるから、わずかな平地はすべて宅地と田畑に供されてしまうのである。日本には森林と草原がない。

明治以降の新国土というべき北海道を除いて、日本の国土は江戸時代の初頭にほぼ開墾をおえてしまった。新たな土地を獲得することができないから、限定された土地で効率よく収穫を得ることだけが、増大する人口を支える唯一の方法であった。日本人の国民性は良くも悪しくも、三百年にわたる能率向上の努力によって形成されてきたと言ってよかろう。

平坦な土地はすべて田畑とし、整然たる区画に精密な播種を施し、しかも農作物の品種改良と生産性の向上にたゆみない努力を傾けつつ、われわれは生き永らえてきたのである。こうした歴史の上に、労働は美徳であり、遊びは罪悪であるという基本的な考え方が育まれた。翻って言うなら、倹約は美徳であり、消費は罪悪である。

はてさて、景気の低迷もこれほど長期にわたると、われわれはこの根源的な国民性を考え直さねばなるまい。不景気の中で生活を防衛しようとすれば、さらなる倹約に励み、消費をさし控えるのはわが国民性として当然であろう。日本人が困難に際して真面目に生きるというのは、つまりそういうことだからである。

しかも、そうして倹約をし、消費を控えてジッとしていれば、「何とかなるさ」と考えて

▼パリに帰る途中、美しい漁師町オンフールに立ち寄る。

いる。しかし何ともなるはずはない。国家はすでに、バブルという壮大なバクチに負けてしまったのである。何ともならないのがバクチの負けである。

私は経済学者ではないからよくは知らぬが、たぶん国民こぞっての倹約の結果、流通せずに退蔵されている預金の総量は、史上最高なのではあるまいか。株価と地価の下落によって資産は減っていても、預貯金が減るわけはない。

そこで、この際「消費は美徳、倹約は罪悪、みんなで遊ぼう！」という国家的キャンペーンをする、という手はどうであろう。ともかく一億国民が総決起して、無駄遣いに走るのである。無策な政府をアテにしてさらなる不景気に呑みこまれるより、ずっと賢明な方法であると私は思うのだが。

いずれにせよ、狭小な国土によって培われてきた国民性を、われわれは改革せねばならぬ時期に至っている。


パリからフランクフルトへは列車で移動することにした。

ヨーロッパの航空網は、日本の国内路線以上と言ってもいいくらいの充実ぶりであるが、やはり列車の旅は魅力的である。時節は三月末、若葉にはまだ早いがマグノリアや水仙の花が美しい。

ＥＣ統合以来、列車の旅は面倒な通関の必要もなくなり、国内旅行と同じになった。特急列車はドイツの車両で、パリ発12：51、フランクフルト着が19：06、所要時間は約六時間である。賭博者ドストエフスキーの足跡をたどって、ヴィースバーデンからバーデンバーデンへと、古式ゆかしいドイツのカジノを渡り歩く。

駅頭のカフェで発車時刻を待ちながら、ドストエフスキーの『賭博者』を読み始めた。学生時代に繙《ひもと》いた記憶はあるが、内容はすっかり忘れている。

「本当は小説家なのよね」

今さら思いついたようにＪが言う。

「いや。ときどき小説を書くギャンブラーさ」

「ドストエフスキーも？」

「彼はときどきギャンブルをする小説家だよ」

「どうしてわかるの？」

「百年たっても、こうしてカフェで彼の小説を読む人間がいる」

すっかり葉の落ちたプラタナスの枝が、フレスコ画の青空を罅割《ひび》っている。

ふと、小説家やさまざまの芸術家が、ギャンブルを好むのはなぜだろうと考えた。百年の後に作品を残そうとする意志と使命感が、彼らを刹那的な快楽に走らせるのであろうか。

▲ドーヴィルの隣町、トローヴィルのカジノはドーヴィルより大衆向きという感じだ。

自分の死後も作品が読みつがれ、あるいは美術館やコンサートホールで未来の人々に鑑賞され続けることは本望であるのだけれど、一方それだけの作品を世に遺そうとすれば、およそ人間らしい生き方はできなくなってしまう。だから、つかのまの自己確認のために、あらゆる遊蕩の中で最も刹那的な、ギャンブルに身を委ねるのではあるまいか。

芸術家にとっての芸術は、鑑賞者が考えるほど不可知の領域にはない。既視なるもの、可知なるものの正確なる描写こそが芸術である。だから芸術家は、一枚のカードの裏に隠された不可視の数字、不可知の図柄に異常なほどの憧憬を抱くのであろう。

「ア・ビアント。ボン・ヴォヤージュ」

プラットホームの人混みの中で、Jはそう言って私の頬にくちづけをした。

「メルスィ。ア・ビアント」

列車が走り出す。小さな妖精は精いっぱい伸び上がって、翔くように両手を振った。

WIESBADEN

22

皇帝のシュピール・バンク

パリからフランクフルトまでの鉄道の旅は、快適至極であった。

車両はドイツ鉄道 Deutsche Bahn（略称ＤＢ）で、快速のわりには揺れが少く、乗り心地がいい。先日ロンドンからパリへの移動もユーロスターを利用したが、こと鉄道に関してはまったくドイツの圧勝であると言える。

もっとも、ＪＲの新幹線に乗り慣れた私が、ドイツ鉄道を評して「快適至極」はちと言い過ぎか。車両技術、運行状況、サービス等のどの部分から見ても、わがＪＲが断然の世界一であることは疑いようがない。

唯一ヨーロッパの鉄道がＪＲよりすぐれている点は、車窓の風景である。むろん日本の自然がヨーロッパに劣っているわけではない。鉄道は平地を走る乗物であり、日本の平地はことごとく人為的な開墾がなされてしまっているので、天然の原野や森林をほとんど見ることができないのである。だから鉄道の超先進国である日本に「世界の車窓から」というテレビ番組が存在する。これが「世界の鉄道」であったら、誰も見ようとはしないだろう。

ヨーロッパの車窓は実に美しい。ことに国境を越えると、目に見えて森が厚くなる。緯度が高くなるせいもあるのだろうが、大農業国であるフランスに比べ、ドイツは森林が拓かれていないのである。マグノリアの白い花が春を彩っている。

日本では辛夷《こぶし》と呼ばれるこの樹木は、ドイツの三月を純白の花で埋める。

▲パリのお惣菜屋で買った絶品の幕の内弁当をドイツ鉄道にて食す。

六時間余りの列車の旅のつれづれに、ドイツのカジノについての予習をした。こういう時間が持てるのも、鉄道ならではであろう。思考が行動に追いつかぬという空の旅の重大なる欠点を、人間はあんがい忘れている。知識は旅を豊かなものにする。

ドイツにおけるカジノの歴史は古い。十九世紀の後半と第二次大戦中には閉鎖されていたが、十七世紀末にはすでに営業を始めていたというから、近代カジノとしては、最古の歴史を誇っていると言えよう。

もっとも、ヨーロッパのカジノ史は複雑怪奇で、どこの国でも禁止と黙認と合法化と奨励とが、何百年にもわたってくり返されてきているから、カジノそのものの起源をどの国に求めるかというのは難しい。少くとも、イギリスとフランスとドイツは、それぞれ自国が元祖だと思いこんでいる。しかし、CASINOがそもそもイタリア語であるのだから、やはり合法的な賭博場の起源は、中世イタリアの都市国家なのではないだろうか。

ともあれ、ドイツ国内には1820年の段階で、全国に二十のカジノが存在したという。それが突如として1871年に全面禁止となるのだが、この理由がまた面白い。

かの鉄血宰相ビスマルクは、かつて大使としてパリに駐在していたころ、カジノで大散財をした。そこで1871年にドイツ帝国の初代首相に就任したとたんに、カジノを禁止した

▼パリはトランジットのみ。さぁ次の地のカジノへ。

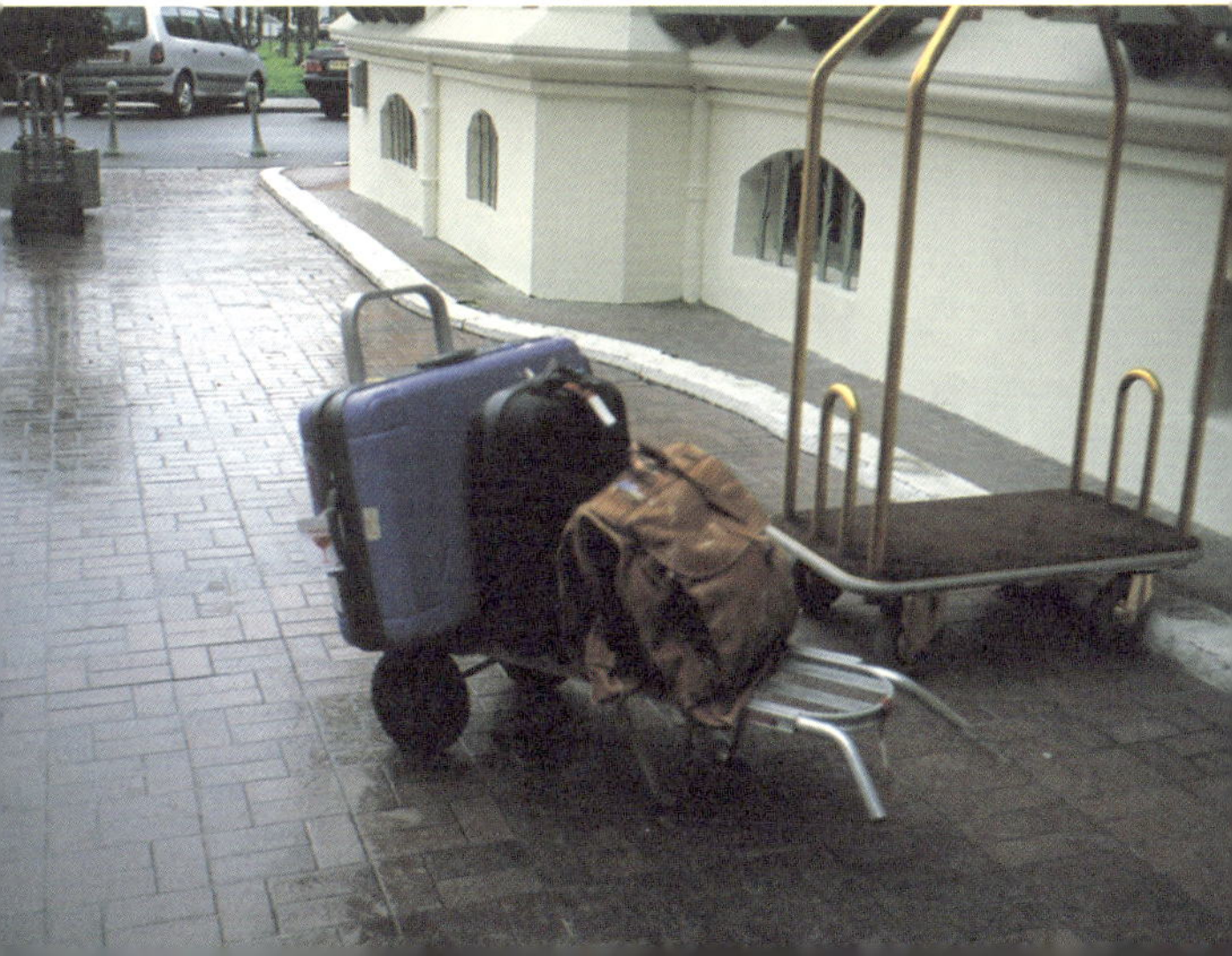

のである。

ビスマルクのパリ駐在時期は知らぬが、１８４８年の三月革命以後であることは確かである。だとすると当時のフランスはカジノどころではなかったはずだから、つまりビスマルクはあろうことかパリのアングラ・カジノに嵌まった、という推測が成り立つ。

そう考えると、軍人としてはともかく、政治家としてはさほど有能な人物ではなかったようにも思える。自分が負けたから悪いものだと考えるのは、いかにも勝敗と善悪を同じ倫理とする軍人的発想で、政治家ならばこの個人的損失を国益に転換する方法に気付かなければ嘘であろう。

ましてやドイツ国内には既成のカジノが二十もあったのだから、ドイツ統一の悲願を達成した彼には、かつての自由都市や領邦国家の利権を、新生ドイツ帝国の国益とするのは容易であったはずである。もしビスマルクに、若き日のカジノの負けを国の利益に変えるような柔軟性があったのなら、たぶん第一次世界大戦は起こらず、後のヒトラー第三帝国の出現も見なかったのではなかろうか。

そこまで小説家的な推理を発展させると、ビスマルクのこの負けはデカい。

今日に至るドイツ・カジノの再開は１９４９年である。当時のドイツは日本と同じ占領下であったが、幸い空爆を免れていたヴィースバーデンの由緒正しきクーアハウスで、カジノの営業が再開された。

ちなみに、占領下の日本で競輪が始まったのは1948年の小倉である。たぶんドイツにおけるカジノの再開も、これと似たような地域振興の目的があったのであろう。

現在ドイツには、保養地や観光地を中心として三十八のカジノが存在する。

ヴィースバーデンはフランクフルトから約30キロ、古くから温泉保養地として知られる小都市である。

このヴィースバーデンと、次に訪れる予定のバーデンバーデンは、ドイツ・カジノの双璧だそうだ。温泉を意味する「バーデン」や「バート」に多くカジノがあることは興味深い。

ひとつは、ドイツにおいてはギャンブルそのものが、温泉保養地を訪れるような特権階級の遊びとして規程されていたのである。わが国とちがって、火山の少ないヨーロッパでは、温泉そのものが稀少であり、市民生活とは縁遠い高級リゾートが古くから作られた。そこで行われるギャンブルは、社会に害を及ぼすことのない純然たる遊びであった。この考え方は、きわめてドイツ的な良識と言える。

もうひとつ、近代になってからは市民階級の抬頭によって大都市にもカジノが作られたのだが、それらの多くは経営的に立ち行かず、やはり昔からの「バーデン」だけが存続するこ

フランスの鉄道員《ぽっぽや》だ！

とになった。かつてハンブルクにあった大カジノの閉鎖などは、その好例である。

ドイツにおける「バーデン」「バート」のカジノが歴史的に証明している通り、カジノの公的な経営は素人が考えるほど甘くはないのである。大人口を控えた都市型カジノに、ほとんど成功例がないという歴史的事実は、ギャンブルという事業の特殊性を示している。

カジノばかりではなく、ギャンブル事業を成功させるためには、利用者を広く浅く求めることは誤りで、むしろ狭く深く、金持ちの退蔵資産を掘り起こすというほどのコンセプトを持たねばならない。社会に弊害をもたらさず、なおかつ実効を上げようとしたドイツ的な結論が、すなわち「バーデン」「バート」のカジノである。

ヴィースバーデンの宿は、かつてドストエフスキーが名作『賭博者』を書いた、ホテル・ナッサー・ホフである。

噴水と庭園を挟んだ向かいには、1913年に完成したカイザー・フリードリヒ温泉の荘厳な建物がある。カジノはその右翼半分を占有している。クーアハウスとコンサートホールとカジノが、歴史的建造物の中に共存しているというのが、ドイツの由緒正しき形である。

カジノの正式名称は「Spiel bank la belle êpoue」で、ドイツ語とフランス語を組み合わせているのは妙だけれど、直訳すれば「新時代の遊び銀行」である。しかし建物の様式は明らかにベル・エポック以前であるから、かつてフランス発の流行におもねって命名されたものであろう。いったいにドイツ人は、一見して保守的のようでありながら、あんがい柔軟である。

そういえば、『賭博者』の原題は「シュピーラー」で、つまり直訳すれば「遊び人」ということになる。むろんドストエフスキーの原作を脚色したプロコフィエフのオペラも、タイトルは「シュピーラー」である。ということは、ヨーロッパの認識では、「遊び」すなわち「ギャンブル」なのであろうか。

このあたりの感覚は、日本人とは大分かけ離れているような気がする。日本人のイメージする「遊び人」は、「仕事もせずにブラブラしている人」のことであろう。

私は、辞書を引いたときに直訳がシックリとなじまないものは、文化的断層と解釈することにしている。「シュピーラー」の英訳はむろん「プレイヤー」だが、この両者と「遊び人」の間には飛躍がある。これは「遊び」や「賭博」にまつわる、日本と欧米との決定的な認識のちがいであろう。

そうこう考えつつ、カジノに躍りこんで敬愛するドストエフスキー先輩の仇討ちをしたいという欲望を抑え、ホテル・ナッサー・ホフにチェック・インする。

車寄せには、プロイセン皇帝ヴィルヘルムI世の銅像が佇んでいる。カジノを睨んでいるのは、皇帝陛下も恨みをお持ちなのかもしれぬ。

このホテルは、セレクツィオン・ドーチャルクサス・ホテル、すなわち「選び抜かれたドイツの超高級ホテル」と呼ばれる六つのホテルのうちのひとつで、ともかくこの「セレクツィオン」はたいそうなものであるらしい。

かつては皇帝御用達、かのレニエ大公とグレース・ケリーも、例年このホテルを訪れたそうである。

私にとっての「セレクツィオン」の条件は、何よりもカジノに隣接しているということである。ホテルの玄関からカジノまで、噴水をめぐってわずか300メートル。荷物を解いたらドストエフスキーの往還したその道をたどってみよう。

WIESBADEN

23

ゲルマンの叡智

経済大国日本の威信は地に堕ちているにもかかわらず、世界は空前の日本食ブームに沸いている。

寿司、天プラ、スキヤキの定番ご三家のみならず、近ごろではソバ、ウドン、ラーメン等のファースト・フードまで、世界中の各都市で食べることができる。パリには驚くなかれ、お惣菜屋まで登場し、ここで売っている弁当は日本の弁当屋よりずっとうまい。

こうした日本食は、現地在住の日本人や旅行客ばかりが食べているのかというとそうではなく、客の過半は外国人なのである。彼らにインタヴューを試みると、食べる理由は以下の三点に集約された。

①うまい。

当たり前である。まずい物はほかにどんな理由があっても食べるはずはない。しかし必ずしも答えはこればかりではないのである。

②ヘルシーである。

この回答はかなり多いのだが、供される一人前の量から考えれば、[illegible]角であろう。ことに高級な日本食になればなるほど、実は糖分たっぷり[illegible]となる。正しくはイメージとしてヘルシーなのである。

③知的である。

ドストエフスキーをはじめ、ダライ・ラマ、パバロッティー、
アラファトなど世界のVIPが愛した、ホテル・ナッサー・ホフ

ニューヨークでザルソバを食っていたグループは、口を揃えてこう言った。よくわからん。要するに、禅とか東洋的思惟であるとか、そういうものからの連想であるらしい。たしかに欧米人は、われわれ日本人に知的民族のイメージを抱いているが、ザルソバにそれほど深い哲学があるとは思えぬ。おそらくソバの味は、彼らにとって不可知なる無味なのであろう。

ヴィースバーデンのカジノに躍りこむ前に、ふと空腹を感じたのでレストランに入ると、正体不明の日本料理がズラリとメニューに並んでいた。べつに食いたいわけではないが、生真面目なドイツ人がどんな日本料理を作っているのかと、興味を持った。聞くところによればドイツは、全国的な日本食ブームであるらしい。

やがて登場したジャパニーズ・プレートには、なぜかシューマイと春巻。鮭を海苔で巻いてカラ揚げにした、わけのわからぬフライ。ボロボロの飯に、箸と桜紋様の傘がつき刺してあった。

まあ、多少の誤解は仕方ないとしても、そのまずさは噴飯ものであった。

はっきり言って、ドイツの食い物はまずい。まずい食い物といってまず思いうかぶのはアメリカだが、彼らの祖先であるイギリスはさらにまずく、さらにその祖先であるドイツはさらにさらにまずい。世界一まずいのは、ディープなドイツであるスイスやオーストリアであろう。どう考えても、いわゆるゲルマン・アングロサクソンは味覚オンチである。彼らの食生活から察すれば、日本食がうまくてヘルシーで知的であることに異存はない。

いくらまずくても、日本人のゲストがそっくり食い残したのでは、コックもダメージを受けるであろうとの武士道精神に則り、プレートはすべて平らげた。

それにしても、ドイツ人は真面目である。ビールのグラスの八分目ほどのところに線が入っているので、これは何だと訊ねたら、「ピッタリこの線まで注いで客に出さなければ法律違反」との答えが返ってきた。本当か、とも思ったが、以後ドイツ国内で見たグラスにはすべてこの線が入っていた。

ドイツ人は生真面目なうえに思慮深い。ともかく何につけても、考えることが好きである。ヴィースバーデンのカジノ「シュピール・バンク」に足を踏み入れたとたん、私はそうしたドイツ人気質を目のあたりにした。

まず、ルーレットのテーブルに向かった。開店後一時間、ゲストは大勢いるというのに、テーブルについているのはチャイニーズばかりである。ドイツ人の客は全員、テーブルを遠巻きにしている。

ふつう、こうした立見はカジノ未経験の観光ツアーなのだが、彼らはみなドイツ・カジノ

▼▲ 同じこのクアハウス内で、1949年フルトヴェングラー絶頂期の「ブラームスの 4 番」が録音されている。

の厳格な定めに従って正装をこらしている。しかも、ただ立見をしているのではなく、それぞれが手にペンとカードを持って、何やら考えこんでいるのである。

まことに信じられぬ話ではあるが、生真面目で思慮深いドイツ人たちは、ゲームに参加する前に十分な時間をかけて、出目を考えるのであった。

ひとりの老紳士が、数字のギッシリと書きこまれた書類を読んでいた。「これは何だ」と訊ねると、「このテーブルのきのうの出目だ」と答える。つまり彼は、開店後一時間のデータをメモしながら、昨日の全出目と照合しているのであった。

「きょうの出目のパターンを、きのうのデータの中から探し出すのは必勝法なのだ」

「……へえ。そういうものですかね」

「そうだ。ギャンブルは統計学だ。私は未熟者なのできのうのデータしか使うことはできないが、メンバーの中には一カ月分のデータを解析するベテランもいる。カジノは一年分の全出目を公開する義務があるのだ」

「……あの、それって、つまらなくありませんか」

「これがギャンブルなのだ。あのチャイニーズたちのように、勘でゲームをする連中の気持ちがわからん。あれではつまらんだろう」

「けっこう面白いと思いますけど」

「ところで、君は日本人か」

「はい」

「日本人なら、たぶん一カ月のデータが必要だろう。われわれと同様に考える民族だからな。さあ、これを参考にしたまえ」

私は紳士の好意を固辞した。それにしても、カジノほど民族性があからさまに現れる場所はない。世界カジノめぐりの醐醍味である。

やがて老紳士は、壁際のソファに座る品のよい婦人を呼んだ。何と夫妻は、力を合わせて本日の出目のマーキングとデータ解析をしているのであった。

夫婦はいかめしい表情で議論を始めた。きょうのこの流れは、きのうのここの時間帯と同じではないか、というようなことを夫が言い、妻が反論をする。どうやらデータの解析には、赤と黒の出目を読んだり、偶数奇数やダズンや縦列《ストリート》や、あるいは0の出現を基準にとったり、ともかくさまざまの方法があるらしい。要するに彼らは、ものすごく不毛の議論をしているのであった。

そうこうしているうちに、まったく突然、夫婦の見解が一致した。

「次は赤、ゼッタイ赤だ」

「そうよ。それだわ。それも、ゼロのまわりよ。ええと、0と32、15、19、26、3、35

「次は赤、ゼッタイ赤だ！」

ヴィースバーデンのカジノを彩ったVIPたち。

――」

「赤だから、32、19、3だ。いちおう21と12も押さえよう」

紳士は一時間余の熟考の末、ついに勝負に出たのであった。

ちなみに、夫妻のこの決断はフランス流にいうと「ボワザン・デュ・ゼロ」とか「ジュー・デュ・ゼロ」などという賭け方で、0とその周辺の六個ないし十七個の数字を狙うものである。一種のセオリーではあるし、流れを読んで「赤」とするならば、32、19、3、の三点に勝負をして、21と12を押さえるというのは根拠がないわけではない。

紳士は手持ちのチップを、一枚残さず五点のスレートに張った。

「0は、いいの？」

と不安げに妻が言う。

「必要ない。データからすると、このさき三回は赤が続くのだ」

ふしぎなことに、紳士のこの確信に乗るプレイヤーはいない。同じようにデータを収集しているなら、同じ結論を出す者がいてもいいはずだし、あるいは長考に敬意を表して、結論に乗る人間がいてもいいはずである。ということは、ドイツ人は思慮深いけれども、独善的なのであろう。

ホイールは回る。これが的中したら、私はドイツ人を尊敬しようと思った。

しかし、尊敬する必要はなかった。ボールはめでたく「0」に落ち、夫婦はたがいを罵り合いながらテーブルを離れて行った。

夫婦の行動はまことに興味深いが、彼らの行動にまったく興味を示さずに黙々とデータ収集を続けている大勢のゲストたちは、もっと興味深かった。誇り高きゲルマンの叡智を見た思いであった。

ルーレットを離れて、ブラックジャックのテーブルを覗く。

想像した通りである。ディーラーの手付きは実に慎重で、まちがってもカードさばきを披露したりはしない。プレイヤーは長考する。眠ってるんじゃないかと思うほど長考する者もいる。ディーラーも同席のプレイヤーも、けっしてせかさない。どうやらドイツでは、「考える」ということがとても大切であるらしい。もちろん、このブラックジャックのテーブルでも、周囲にはみっしりとデータマンが垣根を作っている。

長考の末にヒット。12の上に絵札が入ってみごとバーストである。しかしテーブルには何ら感情の動きもなく、ゲームは緩慢かつ静粛に進行する。

私は振り返ってホールを見渡した。客は多いのに、まるでコンサートホールのような静けさである。時おり、チャイニーズの叫び声が聞こえる。

プレイヤーはひたすら考える。ドイツの「遊び人《シュピーラー》」たちの姿に、私は奇妙な感動を覚えた。

WIESBADEN

24

名作『賭博者』の背景

ドストエフスキーはドイツ中のカジノを渡り歩いた末に、このヴィースバーデンに三カ月滞在し、ケツの毛まで抜かれたらしい。

ホテル代も払えず、飯も食えず、追いつめられた状態で書いた作品が『賭博者』であるという。えてして小説家の行動は尾鰭《おひれ》が付いて伝説化されるものだが、『賭博者』の冒頭からの切迫感を考えると、どうやらご当地のこの伝説は事実のようである。

ギャンブルに嵌まって、理性と常識を失った人間の心理を、これほどリアルに表現した小説は他にあるまい。ということはつまり、どれほどすぐれた読者でもギャンブルに興味のない人間はこの小説を理解できず、文学など何も知らなくてもバクチ打ちならば、感動を以てこの作品を読めるのである。この小説に関してのみ言うのならば、小説家ドストエフスキーがギャンブルを素材とした作品を書いたのではなく、賭博者ドストエフスキーがたまたま小説を書いた、とするのが正しい。それくらいマニアックな小説である。

ドストエフスキーの小説を一言で評するならば、不条理の文学である。人間を鎧《よろ》っている知性や理性はたわいない建前にすぎず、その本質は理屈に合わぬ獣性に充ち満ちている。そうした意味では、『賭博者』は最もあからさまなドストエフスキーの小説であるとも言えよう。ただし、くどいようだがバクチを知らぬ読者に、この小説はわからない。知ってはいてもケツの毛まで抜かれた経験のない人間にも、ほとんどわかりはしない。

ドストエフスキーが通った
カジノへの並木道を歩く。

そういえばかつて、旧軍隊の経験がある先輩作家と、大岡昇平の戦記文学について論じ合ったことがある。私は若い時分に自衛隊にいたので、なかばしたり顔で兵士の心理について語ったのだが、その先輩からは「君にはわからんよ」の一言で斥《しりぞ》けられた。つまり、実際の戦争でケツの毛まで抜かれた先輩作家から見れば、「自衛官の程度ではほとんどわからん」ということであろう。

その伝で言うのなら、私は『野火』や『俘虜記』がわからなくとも、『賭博者』は理解できる。

小説家にバクチ好きは多いが、どういうわけかそのほとんどは達人である。たとえば麻雀卓を囲むにしても、私自身は若い時分からヤクザ者に混じって相当に悪い麻雀を打っていたので初めはナメてかかったのだが、どっこいいざ打ち始めると、そのレベルの高さに驚いた。

そもそも小説家を志したとたんから、人生は海千山千となる。むろん小説を書くぐらいだからバカではないし、ストーリーを構築する大脳の部分はバクチを打つ部分と完全に共用されている。しかも性格的にいえば、いわゆる「熱くなるタイプ」は小説家に向いておらず、一家を成した作家はほぼ全員がギャンブラーの資質であるところの、悪く言えば一種茫洋とした、良く言えば冷静沈着なタイプである。かくて小説家には、必然的にバクチ好きのバクチ上手が多くなるのである。

しかし、ヴィースバーデンの言い伝えによると、ドストエフスキーは相当のヘボであったらしい。カジノの支配人はまるで見てきたように、「彼は弱いギャンブラーでした」と言った。

ドストエフスキーがヘボであったことは、『賭博者』の中の描写からもしばしば推測できる。彼自身がそのヘボさかげんに気付いていないというところがまた面白い。

こうして彼は、私が宿泊しているホテル・ナッサー・ホフの一室にこもって、『賭博者』を書く羽目になる。

多くの読者は、名作を世にもたらしたこの不純な動機を嗤《わら》うであろう。しかし私は、ドストエフスキーと『賭博者』の名誉のために、すこぶる専門的な解説を加えておきたいと思う。

小説家は自由業なのである。出社義務もなく、手形決済に追われることもなく、時も所も選ばぬ自由な労働の結果が報酬となる。音楽家のようにストイックな練習に励む必要もないし、画家や彫刻家のように体力を要するわけでもない。しかし、それほどまでに徹底的な自由は怖ろしい。自由に身を委ねて放蕩を尽くしているうちに、「どうしても書かねばならぬ」ところまで追いつめられてしまうのである。

いかなる事情があれ、小説家に手抜きは許されない。たとえ過去にどれほどの名作を書いていても、一篇の失敗作、一行の駄文でたちどころに名声は失墜するからである。かくて小

▼ヴィースバーデンのカジノは、バーデンバーデンに次ぐ２番目に古いカジノ。1771年に始まった。

説家は、「明日の朝までに五十枚」などという苛酷な戦場に置き去られるのだが、そのとたんに世に言うアドレナリンが脳内で爆発し、「畢生《ひっせい》の名作」をまるで自動書記のごとくに書くのである。

わが身を顧《かえり》みても、ヒマなときにじっくりと考えて書いた作品は、一定のレベルには達していてもさほど感心はせず、むしろ追いつめられた状況での仕事にこそ、わが手になることを疑いたくなるような出来映えが多い。すなわち、「構想○年」というキャッチコピーに誘われて読者がガッカリするのはこの原理に従っているのであって、『賭博者』の出現は蓋《けだ》し当然の結果であると言える。

もしかしたら、ドストエフスキーはこの原理を知悉した上で、おのれを追いこむためにヘボなバクチを打ち続けたのではなかろうか、などと疑いたくもなる。

ともあれ、彼がヴィースバーデンのカジノで、いったいいくら負けたのかは知らぬが、よもやその後百数十年にわたって世界中で読み継がれている『賭博者』の印税で、足らぬはずはなかろう。

カジノで疲れ果て、ドストエフスキーの夢を見ながら泥のごとき眠りをむさぼっていると、突如として電話が鳴った。

「もしもし、じゃなかった、ハロー、じゃなかった、アロー、でもねえし、ここはどこだ。ヤー、ヤー、グーテンモルゲン」

混乱した私の耳に、若い女の日本語が囁きかけた。

「おはようございます。中央公論のムラマツでございます」

「な、なんだなんだ。日本は夜中だろう」

「いえ。まことに突然ではございますが、わたくし、ロビーにおりますの。もしよろしかったら、モーニング・コーヒーでも」

「ロビー？　どこの」

「もちろん、ホテル・ナッサー・ホフの」

私は電話機を投げ捨て、ロココ調の壁に頭突きをくれた。当企画の旅程は極秘であるはずなのに、さては秘書が籠絡されたのか、それとも銀座の飲み屋から漏洩したのか。

ドストエフスキーのような顔をしていたらまずいので、シャワーを浴び、ヒゲを当たってから階下に降りてみれば、紛うかたなき担当編集者が、いつに変わらぬ「お催促」の笑顔で待っていた。多少の宣伝を兼ねて言うと、私はこの時点で中央公論新社の刊行にかかる近作『五郎治殿御始末』の原稿を、相当量書き余していたのであった。

まことに信じ難い話ではあるが、原稿取りの編集者はまるで瞬間移動するがごとく、世界中のどこであろうがしばしば目の前に現れるのである。

「つかぬことをお伺いいたしますが、このたびのご旅行は、プライベートでらっしゃいますか。それとも、ご取材？」

コーヒーを飲みながら、編集者は意地悪く言った。

「ドストエフスキーの足跡をたどりたくなってね。このごろ、文学の原点に立ち返らねばならぬと、しみじみ考えるようになった」

「アテンドは、どちらの版元でしょうか」

まさか文芸作品とは縁の薄いダイヤモンド社だとは答えられぬので、「プライベートだよ」と言おうとしたとたん、折あしくアテンド役の編集者が寝呆けまなこでやってきたのであった。

編集者はビジネスマンであるから、顔を合わせれば即座に名刺の交換をする。

「あら、これは思いがけないことですわ。だとすると、浅田さんが世界カジノ行脚なる原稿をどこかの版元さんにお書きになっているという悪い噂は、事実だったのですね」

そう、実はこの原稿は、各文芸担当編集者たちに対しての極秘事項だったのである。むろん私は、当稿を立派な仕事であると認識している。しかし他社の編集者から見れば、「浅田さんは小説を書かずにカジノ遊びをしている」のである。

ドストエフスキーは
ドイツのカジノを渡りあるいた末に、
このヴィースバーデンでケツの毛まで
抜かれたらしい。

POKER

私たちは何だかものすごく気まずい雰囲気のまま、連れ立って街に出た。

ヴィースバーデンは美しい街である。第二次大戦中はほとんど空爆を受けなかったために、プロイセン時代の旧街衢《がいく》が、豊かな緑の中にそのまま保存されていた。

フランクフルトからわずか30キロの郊外にありながら、この街には都会の喧噪がない。ヨーロッパの各地から訪れた老人たちが、カイザー・フリードリヒ温泉に疲れを癒し、ブランドショップや骨董品街で買物をし、夜はカジノを楽しむ優雅な保養地である。

ふと、ドストエフスキーのカジノ行脚にも、編集者が同行していたのだろうかと考えた。小説家は自由業の典型ではあるが、あんがい不自由なのである。

「つきましては、お原稿を……」

「いや。まだドストエフスキーの心境にはなれない」

傑作を物するには、まだ負けが足りぬ。ドストエフスキーと逆のルートをたどって、明日はバーデンバーデンのカジノへと向かう。

長澤まさみ
きっと、忘れられない夏になる。
幻冬舎文庫
心を運ぶ名作100。

BADEN-BADEN

25

考えるドイツ人

今回の最終目的地であるバーデンバーデンには、マインツ駅からの列車を利用することにした。再びドイツの大自然を堪能する、一時間四十分の旅である。

ドイツ南西部のこの一帯は、「黒い森《シュヴァルツヴァルト》」の名で知られる。なるほど黒っぽく見えるほどの厚い針葉樹の森が続く。

フランスは明るくおおらかなお国柄だが、お隣のドイツは何もかもが謹厳実直で、その性格のちがいは対照的な自然が培ったのではないかという気がした。だとすると日本人が正体をなくしたのは、あながちアメリカの影響ではなく、本来の自然を大切にしなかった結果なのではないかとも思える。思慮深いドイツ人のことであるから、そうした自然と人間のかかわりあいも先刻承知の上での、この豊かな緑なのであろう。

ドイツ人は考える。ものすごく考える。テレビのスイッチを入れると、しばしば生真面目なディベート番組を放送している。何を言っているのかはさっぱりわからんが、ともかく議論をしているのである。そうした番組が電波の相当部分を占有しているということは、テレビの前の視聴者もともに考え、ともに議論しているのである。

この真面目さはカジノの経営にも大いに反映されている。プレイヤーも真面目だが、カジノも大真面目なのである。何でもカジノの営業時間中は、州の担当官が必ず常駐しており、閉店と同時に一日の税額を計算して徴税するそうだ。前日分の納税が完了しなければ翌日の営業はできないというから徹底している。税金の日払いなどというシステムは、ドイツのカジノを除いて他にはないであろう。

バーデンバーデンは町そのものが巨大な庭園であった。

このバーデンバーデンほど高度に完成された庭を、私はほかに知らない。概してイギリスの庭園は、人間が天然を模倣したというわざとらしさが感じられ、いわゆるフランス式庭園の思想は人為による自然の支配である。しかしドイツの庭は、人間が自然に対して謙虚に服従している。

オース川の流れに沿って広がるバーデンバーデンの町は、けっして自然を脅かさず、人間が森の精霊に服《まつろ》いつつ暮らしていると思えた。いったいどのように手をかければ、こうした美しい緑ができ上がるのだろうと感心する。よほどまめな努力をしなければこの形は維持できぬはずなのに、そのために働く人々の姿がない。むろん人為も感じられない。地球の支配者は神の造り給うた大自然であり、人間はその自然の黒子として仕えている——これがドイツ庭園の思想なのであろう。だからかくも人為が感じられぬのである。芸術の極意は、すなわちこれであろう。

余談ではあるが、私は一年のなかばを軽井沢の山荘で暮らしている。軽井沢の自然はヨー

「考えたって同じじゃないのか」
「いや、考えればわかる。真理はひとつだ」

バーデンバーデンの路地を歩く。

Dienst am Schuh
Dienst am Schuh
Restaurant
HOTEL
ETOL

ロッパに似ている。海抜の高さが緯度を補っているのである。数年前に、さる出版社の所有となっていた山荘を訪れ、その庭の美しさに驚いて、むりやり手に入れてしまった。千六百坪の庭に配された、辛夷《こぶし》や唐松や栗などのレイアウトがすばらしい。樹木というものは少くとも百年の時を経なければ形にならないので、おのれの目の黒いうちに良い庭を得ようとすれば、出来上がった古い庭園を買うほかはないのである。一文なしになったうえ当分はタダ働きだが、悔いはまったくない。

購入したあとで、権利者の記載から庭の来歴を知った。初代の地権者は明治の元勲、桂太郎公爵であった。桂は1847年の生れで、戊辰《ぼしん》戦争にも参加した長州藩士である。維新後は長くドイツに留学して軍制を研究し、山県有朋の直系として長州軍閥の中心人物となった。政治家としては「ニコポン」などと呼ばれて評価は上がらぬが、西園寺公望とのコンビネーションで三度の組閣をした。どうやら桂は、そうした多忙の合間を縫って軽井沢を訪れ、若き日に親しんだドイツの庭を、せっせと作っていたようである。そういえば、維新以来のフランス式軍制を、ドイツ流に改革したのも彼であった。

霧の立つ朝などに庭を散策していると、軍服を野良着に替えて庭仕事に励む公爵の幻影に出会う。彼はたぶん、軍人にも政治家にもなりたくはなかったのであろう。その手作りのドイツ式庭園を、百年の後にわがものとしたのかと思えば、なんだか申しわけない気もする。

めざすカジノは、「クーアハウス」と呼ばれる荘厳な建物の一角である。直訳すれば「温泉会館」であるが、こちらは１８２３年に完成した由緒正しきもので、カジノのほかにコンサートホールや格式あるレストランなどが併設されている。

ドイツの温泉は王侯貴顕の専有物であった。今もバーデンバーデンは一般観光客が大挙して訪れるところではない。その敷居の高さが、常に変わらぬバーデンバーデンの雰囲気を守っているともいえる。

かつてはドイツ皇帝が長く滞在し、ヨーロッパ貴族の社交場であった。トルストイもリストもこの地をこよなく愛し、ことにブラームスは１８６５年から十年間も、ここに住んだという。

「ドストエフスキーは？」

と、私はカジノの支配人に訊ねた。なぜかブラームスよりもトルストイよりも、彼のことが気にかかってならない。

「ああ、ドストエフスキーはこの町にアパートを借りていました」

「アパート？　住んでいたのですか」

「長く住んで、ボロボロに負けたという言い伝えがあります。それで、ヴィースバーデンに移って、そこでまた負けて、仕方なく書いたのが『賭博者』だそうです」

これで彼の行動の裏は取れた。バーデンバーデンで負け、ヴィースバーデンでケツの毛まで抜かれたドストエフスキーの頭は、バクチ以外のことは何ひとつ考えられなかったのであろう。同趣味の同業者である私にだけは、そのときの彼の気持ちが痛いほどわかる。たしかにドストエフスキーは、「仕方なく」その小説を書いたのであろうが、正しくは『賭博者』しか書くことはできなかったのである。

カジノの豪華さは圧倒的であった。さすがは十七世紀からの長い伝統を誇る、ドイツカジノの総本山である。保養地のカジノでありながら、ここだけは厳しいドレスコードが要求される。ダークスーツにタイ、もしくはタキシード着用である。ドイツカジノ特有の、暗くて重厚なホールの中には、20台のルーレットと13台のカードテーブルがゆったりと配されていた。

ディーラーたちは、ヴィースバーデンよりもさらにゆっくりとゲームを進行する。ゲストもさらに長考である。

しかし意外なことに、別室では１００台のスロットマシンが派手な唸り声を上げていた。

支配人の解説によれば「好ましいことではないが、これも世の流れ」だそうだ。それもそのはずで、テーブルゲームの悠長な進行では、どう考えてもカジノの売上げは上がらない。

▼▲ 圧倒的な豪華さ！　ドイツカジノの総本山。

女帝マリア・テレジアの絵の下で、何想う。

ゲームのレートは諸物価に合わせて上がるわけではないから、ここはマシンの導入も致し方なしというところであろう。

ところが、マシンルームのゲストを観察して驚いた。ドイツ人はスロットマシンが相手でも物を考える。機械を相手にいったい何を思案しているのだと気を揉むくらいジッと考えるのである。たとえばビデオポーカーのビッグ・オア・スモールの選択など、例によっていちいち出目表を記録している。

多少の解説を加えておくと、現在世界のカジノを席捲しているビデオポーカーには、ゲストの勝ちとなる手役ができたとき、再度マシンと勝負をして得点を倍にするか、あるいはそのままプールするかという選択機能が付いている。

そこで考え深いドイツ人は、まず勝負をするべきか、プールすべきかということを思案し、チャレンジ・ボタンを押したあとは再び、マシンが開いたカードより大きなカードはどれであろうと、画面を睨み出目表を検索しつつ考えこむのである。

バクチに立見助言はタブーであるけれども、私はいたたまれなくなって同年輩と覚しきオヤジに訊ねた。

「考えたって同じじゃないのか」

するとと彼は、タキシードの肩を揺るがせもせずに答えた。

「いや、考えればわかる。真理はひとつだ」

ふうん、そんなものか。

「親のカードは3だから、だいたいどれを叩いても勝ちだろう」

「ちがう。データによれば、親が♣の3のときは要注意なのだ。2が出てしまうことが多い」

なるほど。そういうデータがあるとは知らなかった。たぶん思いこみだろうけれど。

長考の末、彼は伏せられた四枚のうち一枚を選んでボタンを叩き、緊張のあまり手がすべって、ハゲ頭をマシンの角にぶつけた。おまけに画面には♥の2が出てしまい、スリーカードは消えた。

つまりドイツ人は、結論を求めるために考えるのではなく、もともと考えることが好きなのであろう。ちなみに、ビデオポーカーのこの再チャレンジ・ルールは、ヨーロッパの機種にはすべて付いているが、アメリカではあまり見かけない。アメリカ人はチャレンジが好きなのになぜだろうと、私はずっと考えていた。

バーデンバーデンで、その答えが見つかった。アメリカ人は、ともかく考えることが嫌いなのである。

BADEN-BADEN

26

アメリカン・スタイルの正体

バーデンバーデンの宿は、カジノのあるクーアハウスから歩いて十分ほどのブレンナーズ・パーク・ホテルである。

宮殿とも見紛う立派な館内には、ほとんどひとけがない。折しもバーデンバーデンは花の季節である。なぜ客が少ないのだろうという疑問は、ゲストルームに通されたとたんに解明された。百三十年の歴史を誇るこのホテルは、世界の王侯貴族の宿であったがためにひとつの客室がとても贅沢なのである。これではたとえ満室になっても、館内で人と遭うことはほとんどあるまい。

私の部屋はドアを開けるとシャンデリアのつらなる内廊下があり、左右にリビング・ルームと寝室とが振り分けられていた。どちらも三十畳はあろうかという広さである。

窓の外に満開の黄色の花をつけているのは山茱萸《さんしゅゆ》であろうか。だとすると、日本には有りえぬ巨木である。裏庭には辛夷《こぶし》や梅の類いが咲き競っていた。

北国の木々は美しい。貧しい陽光を求めて高く大きく育つせいであろうか、南国の木に比べると姿に潔さがある。

ヨーロッパの自然を演出しているのは、こうした樹木ひとつひとつの自己主張であろう。

バーデンバーデンの緯度は、たぶん北海道の遥か北、樺太《からふと》あたりに相当する。

今から二千年前に侵攻した古代ローマ人は、湧き出ずる温泉に歓喜し、この地に南国の楽園を模した宿営地を作った。これがバーデンバーデンの起源といわれ、ローマ皇帝が湯治をしたカラカラ浴場は今も健在である。ローマは美しい都だが、かのローマ人たちから見ても、バーデンバーデンの自然は魅力的だったのであろう。

カジノに出陣する前にまずは腹ごしらえと、ホテルのレストランに向かった。当地の名物は鹿肉であるという。同行者たちは下戸の私などお構いなしに、ビールとワインを浴びるほど飲んだ。

ところで、筆者が下戸であるという理由だけで、酒について一行も書かないのはあまりに不親切であろう。何しろカメラマン久保の言うところによれば、「酒が飲めないのは旅の楽しみの半分を知らぬ」のだそうだ。

ともかくドイツワインはうまいらしい。このドイツワインの出来立て蔵出しを、正しくは「アウスレーゼ」という。私はドイツワインの総称をそう呼ぶのかと思っていた。つまりアウスレーゼは、フランスでいうところの「ボジョレ・ヌーヴォー」なのだが、誇り高きドイツ人はフランスワインなど認めない。いや、むしろボジョレ・ヌーヴォーの入荷で大騒ぎをするのは、日本人だけなのであろう。

ちなみに、ワインが登場する最古の文献は紀元前２０００年に古代バビロニアで書かれた「ギルガメシュの叙事詩」である。古代エジプトの壁画に葡萄《ぶどう》が描かれているところをみる

宮殿と見紛う
立派な館内には、
ほとんどひとけがない。

ブレンナーズ・パーク・ホテルの客室からの眺め!
ジュリアーニ前NY市長は、庭園の景色に感激し、
主なスケジュールをキャンセルし、
散策したという話も残っている。

と、あるいはワインの起源はそちらかもしれない。ともかくワインは人類文明とともにあったわけで、それから四千年も経つというのにまだワインの味を知らぬ私は、よほどの奇人なのであろう。

やがてワインは古代ギリシャを経てローマへと伝わり、帝国の版図の拡大とともに全ヨーロッパに普及した。葡萄は生命力がたくましく、荒れた土地でも十分に育つので、たちまちご当地ワインが出来上がったというわけである。

日本にもすでに安土桃山時代にはワインが渡来しているが、ご当地ワインの登場は明治初年である。この世界に類を見ない遅れは、たぶん葡萄を大量生産するだけの土地の余裕がなかったせいであろう。わが国では稲の生産が国民の腹どころか国家経済までを支えていたので、少しの土地があればまず米を作り、稲作に適さぬ場合は代用の雑穀を作った。何もできぬ荒地ならば、葡萄よりもソバであろう。

というわけで、酒飲みに言わせれば歴史が選び抜いた外国のワインは、国産品では勝負にならぬほどうまいらしい。

ドイツといえばワインより有名なのはビールである。

こちらの起源は紀元前４０００年のメソポタミアであるというから、私はいよいよ奇人である。カメラマン久保は、一口のビールにさえ顔をしかめる私を、あろうことか「猿以下」

と罵った。

やがて十五世紀に低温発酵の醸造法が発明されると、ドイツはその技術によってビール生産の中心となった。ただし、ビールの味については「日本が世界一」というのが同行者全員の総意である。

私の下戸には理由がある。父母ともに酒豪であったから、血統的には飲めぬはずはないが、酔っ払いの姿を見て育つうちに、酒とは何と時間を食うものであろうと考え始めた。つまり、飲んでいる時間の後に酔っている時間があり、これを合計すると酒が人間を支配する時間は一日の三分の一に及ぶであろうと考えたのである。一日の三分の一は一生の三分の一であるから、他人が空費しているこの膨大な時間を有意義に使えば、足らぬ才を補えるであろうと踏んだ。とりわけ読み書きには覚醒した頭脳が必要なので、この下戸の誓いはその後大いに物を言ったと思う。

人生の楽しみの三分の一を知らぬことも、旅の楽しみの半分を知らぬことも、夢と引き替えたのだと思えばべつだん悔やしくはない。

鹿肉のステーキが来た。

まことにうまい。しかし惜しむらくは、なぜドイツのステーキには、必ず甘いジャムが付いているのであろう。この味覚だけは理解を超えている。

こんな部屋に野郎一人で滞在するのは
罪だという気がする。

食事中、クジラの話になった。地球環境保護について世界のリーダーシップを執っているドイツ人は、日本人がクジラを食することにことさら目クジラを立てるという。

クジラがかわいそうなら、牛はもっとかわいそうだ。鹿なんて、もっともっとかわいそうだ、というのが満座の意見であった。むろんこれは全日本人の共通意見であろう。

しかし思うに、思慮深いドイツ人がそうした簡単な論理矛盾に気付かぬはずはあるまい。たぶん彼らが言わんとするところは、「養殖できぬ動物をみだりに捕食してはならない」という環境保護理論なのであろう。はっきりそう説いてくれれば、一考の余地はある。

長い食事をおえ、夜霧に包まれた森の小径をたどってカジノへと向かう。そういえば『賭博者』にもこんなシーンがあった。バーデンバーデンの古いカジノには、霧の夜がよく似合う。ギャンブルはミステリーである。

ここのカジノの営業時間はちと変わっている。ルーレットは月曜から木曜が午後二時から深夜二時、週末が三時まで。ブラックジャックは月曜から木曜が午後五時から深夜一時、金曜が午後五時から深夜二時、土曜が午後四時から深夜二時、日曜が午後四時から深夜一時まで、というふうに、各ゲームごとの営業時間が綿密に定められているのである。

支配人の説明によれば、「長い間のデータ分析により、最も合理的な方法」だそうだ。感心を通り越してウンザリとする。ドイツに生まれなかったことを幸運とするべきであろう。さらに、この営業時間に不適切を感じた際には、「スタッフで十分な議論をする」のだそうだ。

まことに興味深い話を耳にした。ドイツには十九世紀半ばに、フランシス・ブランなるカジノ・オペレーターが登場した。彼は当時のルーレットに二つあった「0」をひとつにして、現在のヨーロピアン・スタイルを創始したという。

まったく初耳である。私は元来のシングル・ゼロを、営利優先のアメリカ人がダブル・ゼロに変えたのだとばかり思っていた。36倍の配当に対する確率を、38分の1から37分の1に引き上げるのだから、ブランのこの変更は大英断と言えるであろう。ハウスエッジすなわちテラ銭の半減である。

折しもこの新方式によって、ナポレオンの甥であるルシアーノ・ボナパルトが大勝ちをした。噂はたちまちヨーロッパ社交界を駆け巡り、バーデンバーデンには貴族たちがこぞって押し寄せたという。以後、シングル・ゼロのスタイルがヨーロッパの常識となった。

テレビやラジオのない当時は、「大勝の噂」こそが最大の宣伝であったろうから、このできすぎた話は、稀代のカジノ・オペレーターがナポレオンの甥の来場に狙いを定めて仕掛けた、大PR作戦であったとも考えられる。あるいはドイツカジノ復興のために、主客が演じた芝居であったのかもしれぬ。メディアの未発達であった時代には、こうした「モデルケースの創造」が唯一最大の宣伝であったのだから、いずれにせよ改革に際して演出されたものであると考えられる。

今日の社会はメディアを全能の神と信じているフシがある。メディアを通して改革を縷縷と説明するよりも、改革によって生じた成功のモデルケースを宣伝すれば効果は大きい。いつの世にも最大のメディアは、口コミである。

さて、この意外な歴史的事実からすると、いわゆるアメリカン・スタイルのダブル・ゼロは、彼らの営利主義がもたらしたものではない、ということになる。十九世紀半ばならば、アメリカにも当然カジノは存在していたはずで、だとすると彼らアメリカ人は、ヨーロッパの改革を受け容れずに、伝統のヨーロピアン・ルーレットに固執し続けたことになろう。むろん当時は、大西洋を越えてゲストがやってくることはないから、異なる商圏の常識におもねる必要もなかった。

もしかしたら、アメリカの国家的独善性は、そうした対ヨーロッパ思想の蓄積なのではなかろうか。

などとドイツ人のように思惟しつつ、バーデンバーデンの夜は更ける。

BADEN-BADEN

27

遊べよ、日本人！

後の首相兼陸相として太平洋戦争の戦端を開いた東条英機が、駐在武官としてドイツに派遣されたのは大正十年（１９２１）の七月であった。

同年十月二十七日、東条はドイツ駐在中の永田鉄山、小畑敏四郎、岡村寧次《やすじ》らとバーデンバーデンを訪れる。後の日本の運命を決めたといわれる、「バーデンバーデンの密約」がここでかわされた。東条は陸軍士官学校十七期、他の三人は一期先輩の十六期である。ともに三十七、八歳の中堅将校であった。

会合の中心人物は、陸軍きっての英才と誉れ高かった永田鉄山であろう。彼は日本が列強に伍して世界の一等国となるためには、国家の持てる力をふり絞って戦に臨まねばならぬと考え、いわゆる国家総動員法を提唱した。後に陸軍省の最重要ポストである軍務局長に累進し、弟分の東条を初代の動員課長に据えて思想の実現を計るが、その辣腕ぶりを統帥権の干犯と信ずる相沢三郎中佐の凶刃に倒れる。永田の遺志を継ぐ者は、東条をおいて他にいなかった。

バーデンバーデンの四人は、みな日露戦争の後に士官学校を卒業した「戦後派」である。第一次大戦後の世界的な軍縮気運の中で、彼らは一様にかつての栄光を夢見ていた。戦争の危機は国際情勢や軍備の拡張よりも、戦争を知らぬ世代の抬頭によって招来される。バーデンバーデンで彼らが考えたことは、軍縮に甘んじる先輩世代の打倒と、軍国日本の再現であった。

東条英機は和製ヒトラーのように言われるが、それは誤解であろう。彼の器は常に永田鉄山を補佐する程度のものであり、その永田が死んだがために、軍部から過分の待望を寄せられてしまった。昭和十六年の開戦時点で、陸軍は多くの有能な人材を大陸戦線に投入してしまっており、むしろ東条は消去法的に政権を担当せざるを得なかったと見るべきであろう。

ヒトラー的というのであれば、今日なぜか評価の高い石原莞爾である。彼の奇抜な発想と、それをむりやり正当化する説得術は、ヒトラーのカリスマ性に酷似している。石原を断じて中央の要職に据えなかったのは、むしろ反ヒトラー的な東条の見識であり、軍部の良心であった。

要するに、永田鉄山という人物が卓越していたのである。ことのよしあしはともかく、卓越した人材が志なかばにして倒れたとき、その後の収拾は多難である。永田の思想は永田でなければ、合理的に実現することはできなかった。だとすると、永田少将を暗殺した相沢中佐の罪は重いが、もし彼が実行せずとも、続く2・26事件ではまちがいなく標的にされたはずであるから、やはり日本の運命は曲げられなかったことになる。永田鉄山は大器であったけれども、惜しむらくは軍人の宿命であるところの先輩後輩の垣根を乗り越えて、反対勢力を納得させるだけの器量に欠けていた。

Hotel-Restaurant
zur Altstadt
Thermen / Bäderviertel

フリードリヒ浴場で
ひとッ風呂浴びるとするか。

こうしたことを書いていると一冊の本になってしまうので、いいかげんにしておこう。

小説家である私は、バーデンバーデンのカジノでふと考えたのである。

会合をおえた四人の将校は、このカジノに来たのであろうか、と。ドイツ的教養に溢れていた彼らは、国家の未来についてドイツ的に論じ合ったあと、ルーレットのテーブルにいかめしい軍服を並べたのではなかろうか。

永田鉄山の理論的な張り目に他の三人が乗り、大勝をする。しかし永田はやがて勝ちを嫉《ねた》んだゲストと口論になり、いつの間にかテーブルを去ってしまう。主唱者を失った三人は負ける。

この小説をうまく書き上げたら、『賭博者』と並び称せられるカジノ小説の傑作になりそうな気がした。

いずれにせよ、日本という国家のホイールは今も回り続けている。われらが真に学ぶべきものは、維新以来百三十年の歴史であろう。ドイツ人はそれに固執し、日本人は忘却している。似て非なる両国家のちがいはそれである。

例によって、ブラックジャック↓ルーレット↓スロットマシン、と正確なる転落のコースをたどったのち、這うようにホテルに帰って爆睡した。

小鳥のさえずりに目覚め、一ッ風呂浴びようと思い立つ。そう、ここは温泉場なのである。あろうことか私は、ヴィースバーデンでも一刻を惜しんでシャワーを浴びていたのであった。

実は大の風呂好きなのである。家にいるときは朝晩二度の入浴を欠かさず、折を見ては温泉めぐりをしている。

聞くところによれば、バーデンバーデンの湯は68度Cの立派な高温泉であるという。ローマ皇帝の入ったカラカラ浴場も捨て難いが、とりあえずルネサンス風の建築で名高いフリードリヒ浴場に向かうことにした。

かのマーク・トウェインは、「ここバーデンバーデンのフリードリヒ浴場では、十分後に時間を忘れ、二十分後には世界を忘れる」と言った。この言葉を深く思料するに、たぶんマーク・トウェインはよほど負けたのであろう。ヨーロッパをぐるりと回って、いったいいくら負けたかわからん私も、ともかくすべてを忘れたい。

緑なす丘を登ると、パリのサクレ・クール寺院を彷彿させるドームがあった。１８７７年、すなわちビスマルクの時代に建てられたフリードリヒ浴場である。

受付にはドイツらしくクドクドと能書きがあり、係員もクドクドと説明するのだが、意味がわからんのでサッサと入ることにした。

内部はまさに宮殿である。ロッカールームで裸になると、さすがに萎縮した。バスタオル

どこから来たの？

はロッカー内に準備されているが、ハンドタオルを持つという習慣はないらしく、手ぶらで入るというのがどことなく心細い。

　順路通りに迷宮の奥へと進む。まずは低温サウナ。しかし北欧式の木造りではなく、全面大理石のサウナルームである。ベッドに寝転んで体を温め、次の高温サウナへ。

　ここまでは至極快適であった。しかし続くスチームサウナに足を踏み入れたとたん、私は立ちすくんだ。湯気のもうもうと立ちこめる大理石の雛壇には、一糸まとわぬ男女のゲストが、犇《ひし》めき合って汗を流しているではないか。水着どころか、ハンドタオルすらないのである。受付でのクドクドとした説明は、どうやらこれであったらしい。

　それも、ジジイとババアばかりならまだよい。うら若き高校生のグループまでもが、男女とりまぜ和気あいあいと汗をかいているのであった。たちまち噴き出た汗は冷や汗である。一人娘の裸さえ、中学に入った瞬間から見てはいないのに、私は金髪の女子高生の裸に前後左右を取り囲まれているのであった。

　それにしても、ドイツはふしぎな国である。あらゆる事物がお定め通りなのに、風呂だけが混浴というのはわからん。

　大浴場は巨大ドームの真下に、溺れるほどの深い湯をたたえていた。女子高生たちと一緒にプカプカと浮きながら、ドームから射し入る陽光に目を細めていると、古代ローマ人のよ

遊べよ、日本人。

うに大らかな気分になった。

「どこから来たの？」

少女が英語で語りかけてきた。「ヤパン」と答えると、驚いたふうをして友人たちを呼び集める。彼女らにとっての日本は、親しくも興味深い国であるらしい。少女のひとりは、将来日本に行って文化を研究したいのだと言った。

「日本にはたくさんの温泉がある。東京のまん中にもある。どこでも穴を掘れば温泉が出るんだ。だからドイツのように特権階級の占有物ではなかった。日本の温泉は一般庶民のものだったんだよ」

「パラダイス！」と、少女は湯をはね上げた。

「それじゃ、どうしておじさんはわざわざバーデンバーデンに来たの？」

「日本にはカジノがないんだ」

口にしたとたん、ひどく淋しい気分になった。

「どうして？」

どうしてであろう。しばらく答えに窮してから、私はたぶん真実を言った。

「日本では、働くことが美徳で、遊ぶことは罪悪なんだ。だからカジノは法律が禁じている」

私の回答はたちまち彼女たちの議題になった。ドイツ語の議論はまったくわからないが、どうやら「働くことが美徳で、遊ぶことは罪悪」という日本人気質について、正否の意見が対立しているようである。

日本ほど本質的に豊かな国はあるまい。どこにも良質の水が湧き、海山の幸に恵まれ、医療も教育も公平に享受できる国である。このうえ身を粉にしてさらなる幸福を求めれば、ろくなことにはなるまい。何よりも幸福を確認せずに生きるのは、不幸であろう。

今から八十年前、バーデンバーデンのこの湯舟に浸りながら、わけのわからぬ議論をした四人の日本人がいた。彼らは陸軍士官学校を優秀な成績で卒業し、陸軍大学をおえた選良中の選良であった。要するに、幸福の確認を怠った努力の結果は、ろくなものではなかったのである。彼らの真摯なる希望は、野望の異名に過ぎなかった。

ドストエフスキーもマーク・トウェインもケツの毛まで抜かれたらしいが、その遺業は百年の後も人類の心の糧となった。

日本の社会はいまだに遊びを罪悪と定めている。百歩譲っても、労働のための必要悪であろう。だが私は、誰に何と言われようが半世紀の放蕩人生を顧みて、恥ずるところはない。

わが敬愛する森鷗外は、八面六臂の生涯の末に、「何だ、つまらない」の一言を遺して逝った。

少くとも、八面六臂の大活躍が理想の人生ではあるまい。むしろ私は、八面玲瓏たる人生を全うせんがために、この先も遊び続けようと思う。

遊べよ、日本人。

この作品は二〇〇三年六月ダイヤモンド社より刊行されたものです。

GENTOSHA OUTLAW BUNKO

カッシーノ!

浅田《あさだ》次郎《じろう》

平成19年8月10日　初版発行

発行者——見城徹

発行所——株式会社幻冬舎

〒151-0051東京都渋谷区千駄ヶ谷4-9-7

電話　03(5411)6222(営業)

03(5411)6211(編集)

振替00120-8-767643

印刷・製本—中央精版印刷株式会社

装丁者——高橋雅之

幻冬舎アウトロー文庫

ISBN978-4-344-41007-7　C0195　O-1-6